James Hilton

Leb wohl, Mister Chips

Roman

Aus dem Englischen von
Manfred Allié

Kampa

Die amerikanische Originalausgabe erschien 1934 unter dem Titel *Good-bye, Mr. Chips* im Verlag Little, Brown and Company, Boston, Massachusetts.

Für den Blick hinter die Verlagskulissen:
www.kampaverlag.ch/newsletter

www.kampaverlag.ch
Covergestaltung: Lara Flues, Kampa Verlag
Coverabbildung: © Mathieu Persan
Satz: Herr K | Jan Kermes, Leipzig
Gesetzt aus der Stempel Garamond LT / 230130
Druck und Bindung: Friedrich Pustet, Regensburg
Auch als E-Book erhältlich
ISBN 978 3 311 10079 9

1

Wenn man in die Jahre kommt (aber nicht krank ist, das nicht), ist einem bisweilen sehr schläfrig zumute, und die Stunden scheinen dahinzuziehen wie träge Kühe durch eine Landschaft. So war es für Chips, als das Herbsttrimester seinen Gang nahm und die Tage kürzer wurden, bis man tatsächlich zum abendlichen Appell schon das Gas anzünden musste. Denn Chips, wie ein alter Käpt'n auf See, maß seine Zeit noch nach den altbekannten Begriffen, und das nahm nicht wunder, denn seine Wohnung bei Mrs Wickett lag gleich gegenüber der Schule. Schon seit gut zehn Jahren lebte er dort, seit er seine Stelle als Master endgültig aufgegeben hatte; und statt der Greenwich- hielten er und seine Wirtin sich eher an die Brookfield-Zeit. »Mrs Wickett«, rief er etwa, mit seiner hohen, schnarrenden Stimme, die immer noch ziemlich rüstig klang, »Sie könnten mir vor dem Silentium ein Tässchen Tee bringen, seien Sie so nett.«

Wenn man in die Jahre kommt, sitzt man gern am Kaminfeuer und trinkt ein Tässchen Tee und lauscht der Schulglocke, wie sie zu Abendessen, Appell, Silentium und zum Schlafengehen läutet. Nach diesem letzten Glockenschlag zog Chips stets die Uhr auf; dann stellte er das Gitter vor den Kamin, drehte das Gaslicht aus und ging mit einem Kriminalroman zu Bett. Selten las er mehr als eine Seite, so schnell und friedlich kam der Schlaf, eher wie bei einem Mystiker, der in einen höheren Bewusstseinszustand übergeht, als durch spürbaren Wechsel in eine andere Welt. Denn seine Tage waren wie seine Nächte von Träumen erfüllt.

Er war nicht mehr der Jüngste (aber nicht krank, das nicht); ja, Doktor Merivale sagte, im Grunde fehlte ihm gar nichts. »Mein lieber Freund«, pflegte Merivale, wenn er ungefähr alle vierzehn

Tage vorbeischaute, bei seinem Glas Sherry zu sagen, »Sie sind besser dran als ich. Über das Alter, in dem die Leute all diese schrecklichen Krankheiten bekommen, sind Sie hinaus; Sie werden einer der wenigen Glücklichen sein, die tatsächlich eines natürlichen Todes sterben. So Sie denn überhaupt sterben. Sie sind ein solches Prachtexemplar, da weiß man nie.« Aber wenn Chips eine Erkältung hatte oder der Ostwind über die Fens fegte, nahm Merivale manchmal Mrs Wickett im Hausflur beiseite und flüsterte: »Passen Sie gut auf ihn auf, meine Liebe. Seine Bronchien ... das ist eine Belastung fürs Herz. Eigentlich ist es nichts – nur Anno Domini, aber am Ende ist das die tödlichste Krankheit von allen ...«

Anno Domini ... das konnte man wahrlich sagen. 1848 geboren, fast noch als Krabbelkind mit auf die Weltausstellung genommen – nur wenige Lebende konnten das von sich behaupten. Ja, Chips erinnerte sich sogar, wie Brookfield zu Wetherbys Zeiten gewesen war. Es war ein Phänomen. Wetherby war damals ein alter Mann gewesen – 1870, leicht zu merken wegen des Deutsch-Französischen Krieges. Chips hatte sich auf die Stelle in Brookfield nach einem Jahr in Melbury beworben, wo es ihm nicht gefallen hatte, denn die Schüler hatten ihm viele Streiche gespielt. Brookfield hingegen hatte ihm gefallen, praktisch vom ersten Augenblick an. Er erinnerte sich an das Vorstellungsgespräch – ein sonniger Tag im Juni, die Luft erfüllt vom Duft der Blumen und vom Plick-Plock auf dem Cricketplatz. Brookfield spielte gegen Barnhurst, und ein Junge aus Barnhurst, ein rundlicher kleiner Bursche, hatte mit einem erstklassigen Hundert geglänzt. Seltsam, dass einem gerade so etwas so deutlich im Gedächtnis blieb. Wetherby selbst war ein sehr väterlicher, höflicher Mensch gewesen; er musste damals schon krank gewesen sein, der arme Mann, denn er starb noch in den Sommerferien, bevor Chips sein erstes Trimester begann. Aber die beiden waren sich begegnet, sie hatten miteinander gesprochen.

Oft überlegte Chips, wenn er bei Mrs Wickett am Kamin saß: Wahrscheinlich bin ich der letzte Mensch auf Erden, der sich noch lebhaft an den alten Wetherby erinnert … Ja, lebhaft; das Bild kam ihm häufig in den Sinn, jener Sommertag, an dem die Staubkörnchen in Wetherbys Studierstube getanzt hatten. »Sie sind ein junger Mann, Mr Chipping, und Brookfield ist ein altehrwürdiges Haus. Jugend und Alter verstehen einander oft gut. Legen Sie sich für Brookfield ins Zeug, und Brookfield wird sich dafür revanchieren. Und lassen Sie nicht zu, dass jemand seinen Schabernack mit Ihnen treibt. Wenn ich – ähm – recht verstehe, war Disziplin nicht unbedingt Ihre Stärke in Melbury?«

»So könnte man es sagen, Sir.«

»Machen Sie sich nichts draus. Sie sind noch so jung; hauptsächlich ist es eine Frage der Erfahrung. Hier bekommen Sie eine zweite Chance. Zeigen Sie Stärke, von Anfang an – das ist das ganze Geheimnis.«

Vielleicht war es das. Er erinnerte sich noch

genau an die Qual, als er zum ersten Mal das Silentium beaufsichtigte; Sonnenuntergang im September, über ein halbes Jahrhundert her; ein ganzer Saal voller vorwitziger Barbaren, die sich gleich auf ihn stürzen würden, ihre legitime Beute. Seine Jugend, sein frisches Gesicht, der hohe Kragen, der Backenbart (seltsame Moden, die die Leute damals hatten), ausgeliefert fünfhundert unbändigen Raufbolden, für die ihre Hetzjagd auf den Neuen eine hohe Kunst war, ein aufregender Sport und auch eine Art Tradition. Jeder für sich genommen ein anständiger kleiner Kerl, aber zusammen, in der Meute, gnadenlos, durch nichts zu beschwichtigen. Die plötzliche Stille, als er seinen Platz auf dem Podest einnahm, die finstere Miene, die er aufsetzte, um seine innere Unruhe zu verbergen; die große Standuhr, die hinter ihm tickte, und der Geruch von Tinte und Bohnerwachs; die letzten blutroten Sonnenstrahlen, schräge Streifen durch die Buntglasfenster. Einer ließ einen Pultdeckel knallen – rasch, jetzt musste er sie alle überrumpeln; er musste ihnen zeigen, dass mit ihm nicht zu spaßen war. »Sie da in der fünften Reihe – Sie mit dem roten Haar – wie heißen Sie?«

»Colley, Sir.«

»Sehr schön, Colley, Sie schreiben mir hundert Zeilen.«

Danach keinerlei Ärger mehr. Die erste Runde hatte er gewonnen.

Und Jahre später, als Colley Ratsherr in London war und Baronet und noch allerlei mehr, schickte er seinen Sohn (ebenfalls rothaarig) nach Brookfield, und Chips sagte zu ihm: »Colley, Ihr Vater war der erste Schüler, der von mir eine Strafe bekam, vor fünfundzwanzig Jahren, als ich hier anfing. Er verdiente es damals, und Sie verdienen es jetzt.« Was hatten sie da alle gelacht, und was lachte Sir Richard, als sein Sohn ihm die Geschichte im nächsten Sonntagsbrief schrieb!

Und wiederum Jahre später, viele Jahre danach, war der Scherz gar noch größer. Denn ein weiterer Colley hatte sich eingestellt – Sohn des Colley, der der Sohn des ersten Colley gewesen war. Und Chips sagte, seine Worte stets unterbrochen von den »Hmph«- und »Hmn«-Lauten, die ihm mittlerweile zur Gewohnheit geworden waren: »Colley, Sie sind – hmn – ein hervorragendes Beispiel dafür, wie sich – hmn – Traditionen vererben. Ich erinnere mich an Ihren Großvater – hmn –, der hat den Ablativus absolutus nie begriffen. Ein Dummkopf, Ihr Großvater. Und Ihr Vater auch – hmn –, an den erinnere ich mich ebenfalls – saß immer an dem Pult dort hinten an der Wand –, der war auch nicht viel besser. Aber ich glaube tatsächlich – mein lieber Colley –, dass Sie – hmn – von allen dreien der größte Dummkopf sind!« Brüllendes Gelächter.

Ja, es war schon ein Witz, dieses Altwerden, ein großer Witz – aber auf seine Art auch ein trauriger. Und wenn Chips an seinem Feuer saß und die Herbststürme an den Fenstern rüttelten, überkamen ihn Heiterkeit und Kummer häufig in solchen Wellen, dass die Tränen kullerten, und wenn Mrs Wickett dann mit seiner Tasse Tee hereinkam, wusste sie nicht, ob er gerade gelacht hatte oder geweint. Und Chips selbst wusste es auch nicht.

2

Jenseits der Straße, hinter einem Schutzwall aus uralten Ulmen, lag Brookfield, rostrot in seinem herbstlichen Mantel aus Klettergesträuch. Eine Gruppe von Gebäuden aus dem achtzehnten Jahrhundert rings um einen Innenhof, und dahinter die Sportplätze; dann kam das kleine Dorf, das ganz von der Schule lebte, danach die Weite des Fenlands. Brookfield war, wie Wetherby schon gesagt hatte, ein altehrwürdiges Haus; gegründet unter der Herrschaft von Königin Elisabeth als Lateinschule, hätte es mit ein wenig Glück genauso berühmt werden können wie Harrow. Ein solches Glück hatte es aber nicht gehabt; manchmal ging es mit der Schule aufwärts, dann wieder abwärts, zu einer Zeit war sie so sehr geschrumpft, dass es sie kaum noch gab, zu einer anderen brachte sie es beinahe zu so etwas wie Ruhm. In einer dieser erfolgreichen Zeiten, unter König Georg I., erneuerte man das Hauptgebäude, große neue Bauten kamen hinzu. Später, nach den Napoleonischen Kriegen und bis in die Mitte der viktorianischen Zeit, ging es wieder abwärts mit der Schule, nicht nur was die Zahl der Schüler, auch was das Ansehen betraf. Wetherby, der 1840 kam, stellte ihren Ruf halbwegs wieder her, aber die erste Liga erreichte die Schule nie. Aber sie war immerhin eine gute Schule der zweiten. Etliche angesehene Familien unterstützten sie; sie konnte unter ihren Absolventen eine beträchtliche Zahl von Männern vorweisen, die ihre Zeit geprägt hatten – Richter, Parlamentarier, Kolonialbeamte, ein paar Peers und Bischöfe. Hauptsächlich brachte sie allerdings Kaufleute hervor, Industrielle, Angehörige gehobener Berufsstände, mit einem guten Anteil an Landadeligen und Pfarrern. Es war die Art Schule, bei der Snobs, wenn die Rede darauf kam, bisweilen gestanden, ja, sie hätten den Namen wohl schon einmal gehört.

Aber wäre es nicht diese Art Schule gewesen, hätte sie Chips vermutlich nicht genommen. Denn Chips war im gesellschaftlichen wie im akademischen Sinne zwar ebenso respektabel, aber auch nicht herausragender als Brookfield selbst.

Es hatte eine ganze Weile gedauert, bis ihm das aufgegangen war. Nicht dass er eitel oder prahlerisch gewesen wäre, aber mit Anfang zwanzig war er doch auch nicht weniger ehrgeizig als die meisten Menschen in diesem Alter. Er hatte davon geträumt, es auf lange Sicht bis zur Direktorsstelle zu bringen, oder wenigstens zum Oberlehrer an einer wirklich erstklassigen Schule; erst nach und nach, nach mehreren vergeblichen Anläufen, hatte er eingesehen, dass er dafür einfach nicht gut genug war. Sein Abschluss zum Beispiel war nicht bemerkenswert, und er konnte, auch wenn er sich gut hielt und zusehends besser wurde, nicht unter allen Umständen für Disziplin sorgen. Er besaß kein Vermögen, seine Familie hatte keine nennenswerten Verbindungen. Um das Jahr 1880, als er schon ein Jahrzehnt in Brookfield war, sah er allmählich ein, dass es sehr unwahrscheinlich war, dass er sich durch einen Wechsel noch würde verbessern können; aber zu ebenjener Zeit hatte es sich auch die Vorstellung, dass er einfach bleiben konnte, wo er war, in seiner Gedankenwelt bequem gemacht. Mit vierzig hatte er sich in seinem Leben eingerichtet, hatte Wurzeln geschlagen und war nicht unglücklich dabei. Mit fünfzig war er im Kollegium schon der Älteste und Weiseste, und mit sechzig, unter einem neuen, jugendlichen Schulleiter, da *war* er Brookfield – der Ehrengast, wenn die Ehemaligen sich zum Dinner versammelten, Berufungsinstanz bei allem, was mit Tradition und Geschichte von Brookfield zu tun hatte. Und im Jahr 1913, als er fünfundsechzig wurde, setzte er sich zur Ruhe, bekam zum Abschied einen Scheck und einen Schreibtisch und eine Uhr und mietete sich auf der anderen Straßenseite bei Mrs Wickett ein.

Ein anständiges Berufsleben, mit Anstand abgeschlossen; der alte Chips, er lebe hoch, riefen sie alle beim turbulenten Trimesterabschlussessen, dreimal hoch.

Jaja, dreimal; aber damit war die Sache noch nicht zu Ende, es sollte noch etwas kommen, ein Epilog, mit dem keiner gerechnet hatte, eine Zugabe, gespielt vor einem Tragödienpublikum.

3

Es war ein kleines, doch sonniges und sehr gemütliches Zimmer, das Mrs Wickett ihm vermietete. Das Haus selbst war hässlich und protzig; aber das machte nichts. Es war praktisch – und darauf kam es an. Denn er ging gern, wenn das Wetter milde genug war, am Nachmittag zu den Sportfeldern, als Zuschauer beim Spiel. Er lächelte gern den Jungen zu, wenn sie sich zum Gruß an die Kappe tippten, und wechselte ein paar Worte mit ihnen. Sehr wichtig war es ihm, die neuen Schüler kennenzulernen, und er lud sie alle in ihrem ersten Trimester zu sich zum Tee. Von Reddaway im Dorf bestellte er jedes Mal einen Walnusskuchen mit leuchtend rotem Zuckerguss, und im Wintertrimester gab es auch Crumpets – einen kleinen Stapel davon vor dem Kaminfeuer, mit Butter getränkt, sodass der unterste von ihnen in einer kleinen flachen Pfütze lag. Seine Gäste amüsierten sich, wenn er den Tee zubereitete – mit Bedacht mischte er ihn löffelweise aus verschiedenen Dosen. Und er erkundigte sich bei den Neuen, woher sie kämen und ob aus ihrer Familie schon jemand in Brookfield gewesen sei. Er achtete darauf, dass ihr Teller niemals leer wurde, und pünktlich um fünf, nachdem die Zusammenkunft genau eine Stunde gedauert hatte, schaute er dann auf die Uhr und sagte: »Nun also – hmn – es ist mir eine Freude gewesen, Sie – hmn – alle kennenzulernen –, und es tut mir leid – hmn –, dass Sie nicht bleiben können …« Und er lächelte ihnen zu und schüttelte ihnen unter dem Vordach die Hände, und dann entließ er sie, sodass sie wieder hinüber zur Schule stürmen konnten, unter Bemerkungen wie: »Anständiger alter Knabe, der Chips. Jedenfalls kriegt man einen richtig guten Tee, und wenn er einen loswerden will, dann weiß man's …«

Und auch Chips machte seine Bemerkungen – Mrs Wickett gegenüber, wenn sie ins Zimmer kam, um nach der Teegesellschaft aufzuräumen. »Ein – hmn – ausgesprochen interessanter Nachmittag, Mrs Wickett. Vom jungen Branksome höre ich, dass – hmn – sein Onkel Major Collingwood war – der Collingwood, den wir hier hatten im – im Jahre null-zwo, glaube ich. Liebe Güte, ich kann mich an Collingwood noch so gut erinnern. Einmal habe ich ihm eine Tracht Prügel verabreicht. Er – hmn – er war aufs Dach der Turnhalle geklettert – um einen Ball aus der Dachrinne zu holen. Hätte sich den – hmn –, den Hals brechen können, der Rabauke. Erinnern Sie sich an ihn, Mrs Wickett? Das muss doch zu Ihrer Zeit gewesen sein.«

Bevor sie genug gespart hatte, hatte Mrs Wickett die Wäschekammer der Schule verwaltet.

»Ja, Sir, den hab ich gekannt. Frech war der zu mir, die meiste Zeit. Aber böse Worte sind zwischen uns nie gefallen. Nur einfach frech. Hat er nicht übel gemeint. Tut die Art Jungs nie, Sir.

War das nicht der, Sir, der den Orden bekommen hat?«

»Doch. Einen Verdienstorden.«

»Werden Sie noch etwas brauchen, Sir?«

»Nein, das wäre alles – hmn – bis zur Andacht. Er ist gefallen – in Ägypten, glaube ich – Ja – hmn – um die Zeit können Sie mir mein Abendessen bringen.«

»Sehr wohl, Sir.«

Ein schönes, friedliches Leben hier bei Mrs Wickett. Er hatte keine Sorgen; seine Pension reichte aus, und ein klein wenig hatte er auch gespart. Er konnte sich alles leisten, wonach ihm der Sinn stand. Die Ausstattung seines Zimmers war einfach, ganz nach dem Geschmack eines Schulmeisters: ein paar Regalbretter für Bücher und Sporttrophäen, auf dem Kaminsims Cricket-Spielpläne, signierte Fotografien von Schuljungen und Erwachsenen, ein abgeschabter Orientteppich, dicke Polstersessel, an der Wand Bilder von Akropolis und Forum Romanum. Fast alles stammte aus seinem alten

Hausvorsteherzimmer in der Schule. Die Bücher waren hauptsächlich griechische und lateinische Klassiker, denn die Altphilologie war sein Fach gewesen, aber auch ein wenig Geschichte und schöne Literatur war dabei. Auf dem untersten Brett stapelten sich billige Kriminalromane. Die las Chips mit Vorliebe. Manchmal griff er zu Vergil oder Xenophon und blätterte ein wenig darin, doch immer kehrte er bald zu Doktor Thorndyke oder Inspector French zurück. All die Jahre hatte er seine Fächer gewissenhaft gelehrt, aber ein großer Philologe war er trotzdem nicht; ja, das Lateinische und Griechische waren für ihn weit eher tote Sprachen, aus denen ein englischer Gentleman ein paar Zitate kennen sollte, als lebendige, die lebendige Menschen einmal gesprochen hatten. Es machte ihm Freude, wenn er in einem kurzen Leitartikel der *Times* ein paar Worte eingeflochten fand, die er kannte. Er gehörte zu den immer seltener werdenden Menschen, die dergleichen verstanden – eine Geheimwissenschaft, die er schätzte, eine

Art Freimaurertum; das, schien ihm, war schon der beste Nutzen, der sich aus einer klassischen Bildung ziehen ließ.

So lebte er also, bei Mrs Wickett, mit den stillen Freuden des Lesens, der Plaudereien und der Erinnerung; ein alter Mann, weißhaarig, aber noch kaum kahl, noch recht rüstig für sein Alter, trank Tee, empfing Besucher, schuf sich Beschäftigung mit den Korrekturen für die nächste Ausgabe des Brookfielder Schülerkalenders, schrieb dann und wann Briefe in einer dünnen, krakeligen, doch stets leserlichen Schrift. Er lud neu angekommene Lehrer zum Tee, so wie er die neuen Schüler einlud. Zwei neue Lehrkräfte hatten in jenem Herbsttrimester angefangen, und auf dem Rückweg von ihrem Besuch meinte einer zum anderen: »Schon ein Original, der alte Knabe, was? Das ganze Theater, wie er den Tee mischt – ein Hagestolz, wie er im Buche steht.«

Aber damit hatte er, so seltsam das war, unrecht; denn Chips war gar kein Hagestolz. Er war verheiratet gewesen, aber das lag schon so lange zurück, dass in der Belegschaft von Brookfield nun kein Einziger mehr war, der seine Frau noch gekannt hatte.

4

Tausend verschlungene Erinnerungen an alte Zeiten stellten sich ein, angeregt von der Wärme des Feuers und dem milden Aroma des Tees. Frühling – der Frühling des Jahres 1896. Da war er achtundvierzig gewesen – ein Alter, in dem die Gewohnheiten sich verfestigen. Er war eben Hausvorsteher geworden; damit und mit dem Latein- und Griechischunterricht hatte er für sich ein warmes, gemütliches Plätzchen im Leben gefunden. In den Sommerferien reiste er mit Rowden, einem Kollegen, in den Lake District; eine Woche lang wanderten sie gemeinsam, bestiegen die Berge, dann musste Rowden wegen einer Familiengeschichte plötzlich fort. Chips blieb allein in Wasdale Head und suchte sich ein Zimmer in einem kleinen Bauernhaus.

Einmal, beim Aufstieg auf den Great Gable, bemerkte er eine junge Frau, die aufgeregt von einem gefährlich aussehenden Felsvorsprung aus winkte. Im Glauben, sie sei in Gefahr, lief er los in ihre Richtung, doch in seiner Hast rutschte er selbst ab und verstauchte sich den Knöchel. Wie sich herausstellte, war sie gar nicht in Schwierigkeiten gewesen, sondern hatte nur einer Freundin weiter unten am Berg Zeichen gegeben; sie war eine geübte Bergsteigerin, sogar besser als Chips, der selbst durchaus geschickt darin war. So war er nun nicht der Retter, sondern der Gerettete; und keine von beiden Rollen war eine, die ihm so recht behagte. Denn er machte sich, wie er wohl gesagt hätte, nicht viel aus Frauen, er fühlte sich nie ganz wohl, nie entspannt in ihrer Gesellschaft, und das ungeheuerliche Wesen, von dem damals immer häufiger zu hören war, die »Neue Frau« der Neunziger, erfüllte ihn mit Schrecken. Er war ein stiller, zurückhaltender Mann, und wenn er von seiner sicheren Zuflucht in Brookfield aus die Welt betrachtete, schien sie ihm voller unerfreulicher Neuerungen; da war ein Bursche namens Bernard Shaw, der die seltsamsten, ja empörendsten Ansichten vertrat, da war auch Ibsen mit seinen verstörenden Stücken, und da war diese neue Mode des Radfahrens, der die Frauen mit der gleichen Begeisterung huldigten wie die Männer. Chips hielt nichts von all diesem neumodischen Zeug, von so viel Freiheit. Hätte er je sagen sollen, was für eine Vorstellung von Frauen er hegte, wäre es wohl das unbestimmte Gefühl gewesen, dass eine angenehme Frau ein schwaches Geschöpf war, furchtsam, zerbrechlich, und dass angenehme Männer sie mit einer höflichen, doch recht kühlen Ritterlichkeit behandelten. Folglich hatte er auch nicht damit gerechnet, am Great Gable auf eine Frau zu treffen; aber als er nun auf eine gestoßen war, die anscheinend männliche Hilfe brauchte, schreckte es ihn umso mehr, als diese plötzlich den Spieß umdrehte und *ihm* zu Hilfe kam. Denn das tat sie. Ihr und ihrer Freundin blieb nichts anderes übrig. Er konnte kaum gehen, und nur unter großen Mühen schafften sie ihn über den steilen Pfad wieder nach Wasdale zurück.

Sie hieß Katherine Bridges, und sie war fünfundzwanzig – jung genug, um Chipsens Tochter zu sein. Sie hatte strahlend blaue Augen, Sommersprossen auf den Wangen und glattes strohblondes Haar. Auch sie hatte sich auf einem Bauernhof eingemietet, machte Urlaub mit einer Freundin, und da sie nach ihren Begriffen die Schuld an Chipsens Unfall trug, kam sie, per Fahrrad am Seeufer entlang, regelmäßig herüber zu dem Haus, wo dieser stille, ernsthaft dreinblickende Mann mittleren Alters auf seinem Lager lag.

Denn als solchen sah sie ihn zunächst. Und er, weil sie Fahrrad fuhr und nichts dabei fand, ohne Begleitung einen Mann im Wohnzimmer eines Bauernhauses aufzusuchen, fragte sich ein wenig verwundert, was aus der Welt noch werden sollte. Der verstauchte Fuß lieferte ihn ihrer Barmherzigkeit aus, und bald begriff er, wie sehr er diese Barmherzigkeit tatsächlich brauchte.

Sie war Gouvernante, derzeit ohne Anstellung, hatte ein wenig Geld gespart, las und bewunderte Ibsen, fand, dass auch Frauen zum Studium zugelassen werden müssten, ja fand sogar, dass sie das Wahlrecht haben sollten. Politisch gesprochen war sie eine Radikale und neigte zu den Ansichten von Leuten wie Bernard Shaw und William Morris. All ihre Ideen und Ansichten breitete sie an jenen Sommernachmittagen in Wasdale Head vor Chips aus, und er, in Diskussionen wenig geübt, fand es anfangs der Mühe nicht wert, ihnen zu widersprechen. Ihre Freundin reiste ab, aber sie blieb; was *sollte* man, fragte sich Chips, mit so einer Person bloß machen? Auf Krücken schleppte er sich oft über einen Fußpfad zu der winzigen Kirche; es gab dort eine steinerne Sitzbank an der Mauer, und dort saß er gern und ließ sich von der Sonne bescheinen, betrachtete die grünbraune Pracht des Gable und lauschte den Plaudereien eines – ja, das musste Chips schon zugeben – sehr schönen Mädchens.

Eine wie sie war ihm noch nie begegnet. Er hatte immer geglaubt, dass der moderne Typ, diese ganze Geschichte mit der »Neuen Frau«, ihn abstoßen würde; und jetzt freute er sich regelrecht, wenn er sie auf ihrem neumodischen Rad am Seeufer kommen sah. Und auch sie hatte noch nie jemanden kennengelernt wie *ihn*. Sie hatte immer geglaubt, dass Männer mittleren Alters, die die *Times* lasen und nichts von der modernen Zeit hielten, fürchterliche Langweiler sein müssten; und jetzt saß er hier und weckte ihr Interesse und ihre Aufmerksamkeit weit mehr als die jungen Männer ihres eigenen Alters. Anfangs mochte sie ihn, weil es so schwer war, ihn näher kennenzulernen, seiner sanften und ruhigen Art wegen, seiner Ansichten, die noch aus den ja wirklich unmöglichen Siebzigern und Achtzigern stammten, sogar aus noch älterer Zeit – und doch so durch und durch aufrecht waren; und weil – weil seine Augen braun waren und er so bezaubernd aussah, wenn er lächelte. »Dann werde ich Sie natürlich auch Chips nennen«, erklärte sie, als sie erfuhr, dass dies sein Spitzname in der Schule war.

Binnen einer Woche waren sie bis über die Ohren verliebt; noch bevor Chips wieder ohne Stock gehen konnte, sahen sie sich schon als Verlobte; und sie heirateten in London eine Woche vor Beginn des Herbsttrimesters.

5

Wenn Chips so dasaß bei Mrs Wickett, die Stunden verträumte und an jene Zeiten zurückdachte, dann wanderte sein Blick oft hinunter zu seinen Füßen, und er überlegte, welcher von beiden es gewesen war, der ihm damals einen so erstklassigen Dienst erwiesen hatte. Gerade das, der nichtige Anlass so großer Geschehnisse, war ein Detail, das ihm tatsächlich entfallen war. Aber er sah den mächtigen Buckel des Great Gable noch vor sich (er war seither nie wieder im Lake District gewesen), die mausgrauen Tiefen des Wastwater im Schatten der Screes; im Geiste roch er noch, wie die reingewaschene Luft nach einem schweren Regen gerochen hatte, folgte noch einmal dem Felsband des Passes hinüber zum Sty Head. Mit solcher Klarheit war ihm das alles im Gedächtnis geblieben, diese Zeit, in der sie schwindlig vor Glück gewesen waren, die Abendspaziergänge am Seeufer, ihre kühle Stimme und ihr helles Lachen. Sie war ein sehr fröhlicher Mensch gewesen, immer.

Mit welchem Eifer sie ihre gemeinsame Zukunft geplant hatten! Er war allerdings recht ernst dabei gewesen, sogar ein wenig furchtsam. Es war ausgemacht, dass sie nach Brookfield kommen sollte; auch andere Hausvorsteher waren verheiratet. Und sie möge Jungs, hatte sie ihm versichert, freue sich darauf, mitten unter ihnen zu leben. »Ach, Chips, ich bin so froh, dass du bist, wer du bist. Ich hatte schon befürchtet, dass du Anwalt sein könntest oder Börsenmakler oder Zahnarzt oder ein Mann mit einer großen Baumwollspinnerei in Manchester. Bei unserer ersten Begegnung, meine ich. Da ist Schulmeister doch etwas ganz anderes, findest du nicht auch? Viel wichtiger. Einfluss nehmen auf die, die heranwachsen und ihre Rolle spielen werden in der Welt …«

So habe er das noch nie betrachtet, antwortete Chips – oder zumindest nicht oft. Er mache es, so gut er könne; das sei schließlich das Einzige, was man in jedem Beruf tun könne.

»Ganz genau, Chips. Dafür liebe ich dich. Dass du alles immer mit so einfachen Worten sagst.«

Eines anderen Morgens – wieder eine kristallklare Erinnerung, wenn er nun daran zurückdachte – hatte er, aus welchem Grund auch immer, einen unbändigen Drang verspürt, sich selbst und all seine Leistungen herabzusetzen. Er hatte ihr erzählt, dass sein Abschluss nur durchschnittlich war, dass er bisweilen auch jetzt noch Mühe hatte, für Disziplin zu sorgen, dass er kaum eine Aussicht auf Beförderung habe, ja dass er einfach nicht der richtige Mann für ein junges und ehrgeiziges Mädchen sei. Und als er all das aufgezählt hatte, hatte sie zur Antwort gelacht.

Ihre Eltern lebten nicht mehr, Brauthaus war das Haus einer Tante in Ealing. Am Vorabend der Hochzeit, als Chips sich verabschiedete, um zu seinem Hotel zurückzukehren, sagte sie mit gespieltem Ernst: »Weißt du, es ist schon etwas ganz Besonderes – unser letzter Abschied. Ich komme mir beinahe wie ein Schuljunge vor, der eben sein erstes Trimester bei dir beginnt. Nicht dass ich mich fürchten würde, wohlgemerkt – aber dies eine Mal bin ich ernst und respektvoll. Soll ich dich ›Sir‹ nennen – oder wäre ›Mr Chips‹ die korrekte Anrede? ›Mr Chips‹, denke ich. Dann also, leben Sie wohl – leben Sie wohl, Mr Chips …«

(Das Hufklappern einer Droschke auf der Gasse, das Flackern grünbleicher Gaslaternen auf dem nassen Pflaster, Zeitungsjungen, die etwas von Südafrika rufen, Sherlock Holmes in der Baker Street.)

»Leben Sie wohl, Mr Chips …«

6

Was nun folgte, war eine Zeit solcher Glückseligkeit, dass Chips, wenn er lange später daran zurückdachte, sich kaum vorstellen konnte, dass es je vorher oder je nachher auf der Welt ein so großes Glück gegeben hatte. Denn seine Ehe war in jeder Hinsicht ein Erfolg. Katherine eroberte Brookfield, so wie sie Chips erobert hatte; überall war sie beliebt, bei Schüler- und bei Lehrerschaft gleichermaßen. Sogar die Frauen der Lehrer, die sich anfangs bemüßigt fühlten, auf eine so junge und bezaubernde Person eifersüchtig zu sein, konnten ihrem Charme nicht lange widerstehen.

Am bemerkenswertesten aber war die Wandlung, die sie bei Chips bewirkte. Bis zu seiner Heirat war er ein trockener und recht farbloser

Mensch gewesen; jemand, den Brookfield zwar durchaus achtete und schätzte, aber keiner von denen, die das Zeug zu großer Beliebtheit hatten oder echte Zuneigung weckten. Er war nun schon über ein Vierteljahrhundert in Brookfield, lange genug, um sich seinen Ruf als anständiger Kerl und ehrlicher Arbeiter zu erwerben, aber doch schon zu lange, als dass noch jemand mehr als das von ihm erwartete. Ja, es zeigten sich schon die ersten Anzeichen jenes schleichenden Verfalls eines Pädagogendaseins, die schlimmste, tiefste Falle, in die man in seinem Beruf geraten konnte, nämlich dass er Jahr für Jahr immer wieder dieselben Unterrichtsstunden hielt, und damit war sein Leben in so feste Bahnen geraten, dass sich alles andere mit einer tückischen Bequemlichkeit darin einrichten ließ. Er machte seine Arbeit gut; er war gewissenhaft; er war ein fester Teil des Schulbetriebs, einer, auf den man sich verlassen, dem man vertrauen konnte, einer, der alles gab, nur keine Inspiration.

Und dann kam diese erstaunliche, noch so

junge Frau, mit der keiner gerechnet hatte – am allerwenigsten Chips selbst. Sie machte, nach außen hin, einen neuen Menschen aus ihm; doch im Grunde bestand das Neue nur darin, dass Züge, die er von Anfang an besaß, die aber in ihm gefangen, unvermutet gewesen waren, ans Licht des Tages kamen. Seine Augen glänzten nun; sein Verstand, der zwar nicht überragend, aber vollauf genügend war, wagte sich hinaus zu Abenteuern. *Eine* Eigenschaft, die er schon immer besessen hatte, sein Humor, kam nun plötzlich zur vollen Blüte, der sein Reichtum an Jahren noch die rechte Reife gab. Er wurde selbstsicherer; seine Mühe mit der Disziplin schwand in einem solchen Maße, dass er es sich tatsächlich leisten konnte, weniger streng zu sein; seine Beliebtheit wuchs. Als er frisch nach Brookfield gekommen war, hatte er sich gewünscht, dass man ihn liebte, ihn ehrte und ihm gehorchte – aber Gehorchen war das Wichtigste gewesen. Gehorsam hatte er sich verschafft, Ehre war ihm zuteilgeworden; aber erst jetzt kam die Liebe dazu, die ganz unwillkürliche Liebe von Schuljungen zu einem Mann, der freundlich war, aber nicht weich, der sie gut genug verstand, aber doch nicht zu gut, und dessen privates Glück ihr eigenes mehrte. Er machte jetzt kleine Witze, von der Art, wie Schuljungen sie mögen – Eselsbrücken und Wortspiele, die sie zum Lachen brachten und zugleich auch dafür sorgten, dass sie sich etwas besser merken konnten. Einen solchen Scherz gab es, der nie seine Wirkung verfehlte, obwohl er nur ein einziger unter vielen war. Wann immer er in der römischen Geschichte an die Lex Canuleia kam, jenes Gesetz, das Patriziern gestattete, Plebejer zu heiraten, fügte Chips hinzu: »Sodass also, wenn Miss Plebs von Mr Patrizier verlangte, dass er sie heiratete, und er antwortete, das könne er nicht, sie ihm vermutlich antwortete: ›Nix, kann ja jeder!‹« Schallendes Gelächter.

Und Kathie sorgte dafür, dass sein Horizont sich weitete, öffnete seinen Geist für das, was jenseits der Dächer und Türmchen von Brookfield lag. Sie gab ihm einen Begriff von seiner

Heimat als einer Landschaft, die Tiefe und Seele hatte, eine, bei der Brookfield nur ein winziges Bächlein unter den vielen war, die diesen mächtigen Strom speisten. Ihr Verstand ging über den seinen hinaus, er konnte ihre Gedanken nicht verwirren, auch da nicht, wo er einmal anderer Ansicht war als sie; in der Politik etwa blieb er ein Konservativer, soviel sie auch von Radikalem und Sozialistischem redete. Aber selbst da, wo er ihr nicht zustimmte, lernte er von ihr; ihr jugendlicher Idealismus gab der Gesetztheit seines Alters neuen Schwung, und so entstand eine Mischung, die ebenso milde wie weise war.

Manchmal überzeugte sie ihn auch ganz. Zum Beispiel hatte Brookfield eine Partnerschule im Londoner East End, für die Schüler und Eltern zwar großzügig Geld stifteten, aber selten suchten sie persönlichen Kontakt. Von Katherine kam der Vorschlag, sie sollten ein Fußballteam von dort nach Brookfield einladen, zu einem Spiel gegen die Mannschaft der Schule. Es war eine dermaßen unerhörte Idee, dass sie, wäre sie von jedem anderen und nicht von Katherine gekommen, über ihre erste frostige Aufnahme nie hinausgekommen wäre. Eine Horde Jungs aus den Slums auf die heiter-beschauliche Welt des besser gestellten Nachwuchses loszulassen, da brachte man doch leichtfertig alle möglichen Dinge in Bewegung, die besser unbewegt blieben. Das ganze Kollegium war dagegen, und die Schule selbst, hätte man sie befragen können, wäre vermutlich auch dagegen gewesen. Alle waren sicher, dass die Jungs aus dem Armenviertel Raufbolde sein würden, oder andernfalls, dass sie sich bei ihnen nicht wohlfühlen würden; jedenfalls würde es »Zwischenfälle« geben, es würde alles durcheinanderbringen, jedem wäre unwohl dabei. Aber Katherine ließ nicht locker.

»Chips«, sagte sie, »das stimmt nicht, und ich habe recht. Mein Blick ist auf die Zukunft gerichtet, und du und die anderen, ihr schaut in die Vergangenheit. England wird nicht für immer zwischen Offizieren und ›niederen Rängen‹ gespalten bleiben. Und diese Jungs aus Poplar, die sind – für England – genauso wichtig wie die aus Brookfield. Ihr müsst sie herholen, Chips. Ihr könnt nicht einfach nur einen Scheck über ein paar Guineen ausstellen und euer Gewissen beruhigen, und sonst wollt ihr nichts mit ihnen zu tun haben. Sie sind doch ebenso stolz auf Brookfield wie ihr. In ein paar Jahren werden vielleicht Jungen wie sie hierherkommen – ein paar jedenfalls. Und warum nicht? Warum soll das nicht gehen? Mein lieber Chips, vergiss nicht, dass wir das Jahr achtzehnhundertsiebenund*neunzig* schreiben – nicht siebenund*sechzig*, als du in Cambridge warst. Von da stammen die Ideale, die heute noch durch deinen Verstand geistern, und es waren ja auch gute Ideale, viele davon. Aber jetzt wird es Zeit, dass ein paar – wenigstens ein paar, Chips – neue hineinkommen ...«

Urplötzlich, und eher zu ihrem Erstaunen, gab er nach und wurde zum flammenden Verteidiger des Vorschlags. Die Kehrtwende kam so unvermittelt, dass er die Schulleitung damit überrumpelte, und ehe sie wussten, wie ihnen geschah, hatten sie dem gefährlichen Experiment schon zugestimmt. Der Samstagnachmittag kam, an dem die Jungs aus Poplar in Brookfield eintrafen, sie traten gegen die zweite Schulmannschaft an, verloren ehrenvoll mit sieben zu fünf, und hinterher gab es für alle zusammen High Tea im Speisesaal. Danach wurden sie vom Direktor begrüßt, es gab einen Rundgang durch die Gebäude, und am Abend verabschiedete Chips sie am Bahnhof. Alles war ohne die kleinste Unstimmigkeit verlaufen, und jeder sah, dass die Besucher einen ebenso guten Eindruck mit nach Hause nahmen, wie sie selbst hinterließen.

Was sie außerdem mit nach Hause nahmen, war die Erinnerung an eine bezaubernde Frau, die sich ihrer angenommen und die mit ihnen geplaudert hatte; denn einmal, Jahre später, im Weltkrieg, kam ein Soldat, der nicht weit von Brookfield stationiert war, herüber zu Chips. Er erzählte, dass er zu jener ersten Mannschaft gehört habe, die damals zu Besuch gekommen war. Chips bewirtete ihn mit Tee und unterhielt sich mit ihm, und schließlich, als er zum Abschied die Hand reichte, fragte der Mann: »Und wie geht's der Gattin, Sir? An die erinnere ich mich noch gut.«

»Tatsächlich?«, fragte Chips eifrig zurück. »Sie erinnern sich?«

»Aber ja. Das tun doch bestimmt alle.«

Und Chips antwortete: »Nein, das tun sie nicht. Jedenfalls nicht hier. Schuljungen kommen und gehen; immer wieder neue Gesichter; die Erinnerung hält nicht lange. Selbst die Lehrkräfte bleiben nicht ewig. Seit letztem Jahr – als der alte Gribble in Rente ging – das ist – hmn – der Butler der Schule –, seitdem ist niemand mehr hier, der meine Frau noch gekannt hat. Sie ist gestorben, müssen Sie wissen, noch nicht einmal ein Jahr nach Ihrem Besuch. Im Jahr achtundneunzig.«

»Das tut mir sehr leid, das zu hören, Sir. Aber auf alle Fälle gibt's da noch zwei oder drei von meinen Kumpels, die 'innern sich noch ganz genau, obwohl wir sie ja nur das eine Mal gesehen haben. Ja, an die erinnern wir uns noch gut.«

»Das freut mich sehr … Es war ein großartiger Tag, für uns alle – und auch ein gutes Spiel.«

»Einer von den besten Tagen in mei'm ganzen Leben. Wünschte, es könnt noch mal damals sein und nicht heute – das könn' Sie mir glauben. Morgen geht's ab nach Frankreich.«

Ungefähr einen Monat später hörte Chips, dass er in Passchendaele gefallen war.

7

So war das also, eine warme und lebendige Episode in seinem Leben, ein Strahlen, das in tausend Erinnerungen nachglomm. Abenddämmerung bei Mrs Wickett, wenn die Schulglocke zum Appell rief, dann tauchte sie in seiner Erinnerung auf, erschien ihm wie aus einer Wolke – Katherine, wie sie über die Korridore gestürmt war, wie sie an seiner Seite über einen komischen Fehler in einem Aufsatz, den er eben korrigierte, gelacht hatte, wie sie in einem Schulkonzert, einem Trio von Mozart das Cello spielte, ihr milchweißer Arm über dem braun schimmernden Instrument. Sie war eine gute Spielerin gewesen, ein musikalisches Talent. Und Katherine in Pelz und Muff beim Fußballturnier im Dezember, Katherine auf der Gartenparty nach der

Preisverleihung zum Schuljahrsende, Katherine, die bei jeder kleinen Sorge mit einem Rat zur Stelle war. Und guter Rat war es gewesen, jedes Mal – den er nicht immer annahm, der aber stets seinen Einfluss auf seine Entscheidung hatte.

»Chips, Lieber, ich an deiner Stelle würde es ihnen durchgehen lassen. Es ist doch nicht *so* ernst.«

»Ich weiß. Ich ließe es gern durchgehen, aber ich fürchte, dann werden sie es wieder tun.«

»Sag ihnen das doch ganz offen und gib ihnen die Chance.«

»Das wäre eine Idee.«

Und manchmal gab es auch Dinge, die *waren* ernst.

»Weißt du, Chips, Hunderte von Jungen hier so zusammenzusperren, das ist doch nun wirklich unnatürlich, wenn man sich das einmal überlegt. Wenn also nun etwas geschieht, was nicht geschehen sollte, findest du es denn da nicht ein wenig unfair, mit ihnen ins Gericht zu gehen, als wäre es ihre eigene Schuld, dass sie hier sind?«

»Da wäre ich mir nicht so sicher, Kathie. Aber ich *bin* mir sicher, dass wir im Interesse aller hier streng sein müssen. Ein einziges schwarzes Schaf kann die ganze Herde verderben.«

»Eins, das ja auch erst einmal von jemandem verdorben wurde. Denn so wird es doch gewesen sein, oder?«

»Vielleicht. Da sind wir machtlos. Trotzdem glaube ich, dass Brookfield besser ist als viele anderen Schulen. Umso mehr Grund, dafür zu sorgen, dass es auch so bleibt.«

»Aber dieser Junge, Chips … Willst du ihn von der Schule schicken?«

»Vermutlich wird der Direktor es tun, wenn ich ihm die Sache melde.«

»Und du willst sie dem Direktor melden?«

»Es ist meine Pflicht, fürchte ich.«

»Könntest du nicht noch ein bisschen darüber nachdenken … noch einmal mit dem Jungen reden … herausbekommen, wie es angefangen hat … Denn abgesehen von dieser Sache – ist er nicht ein ziemlich netter Junge?«

»Ach, der ist in Ordnung.«

»Und, Chips, Lieber, findest du dann nicht, es *sollte* einen anderen Weg geben …«

Und so weiter. In ungefähr einem von zehn Fällen blieb er hart und ließ sich nicht umstimmen. Und in ungefähr der Hälfte dieser Ausnahmen wünschte er sich am Ende, er hätte auf ihren Ratschlag gehört. Und noch Jahre später fuhr, immer wenn er mit einem Schüler Schwierigkeiten hatte, eine besänftigende Woge der Erinnerung über ihn her. Dann stand der Junge da, wartete, dass man ihm seine Strafe aufbrummte, und wenn er ein guter Beobachter war, dann sah er in den braunen Augen einen Funken aufglimmen, der ihm versicherte, dass alles gut würde. Aber er wäre nicht darauf gekommen, dass Chips in einem solchen Augenblick an etwas zurückdachte, was geschehen war, lange bevor er auf der Welt war; dass Chips dachte: Du kleiner Schlingel, der Teufel soll mich holen, wenn mir ein Grund einfällt, dich laufen zu lassen, aber ich wette, *sie* hätte einen gewusst!

Allerdings hatte sie nicht immer auf Nachsicht plädiert. Es gab, wenn auch selten, Fälle, in denen sie zur Strenge riet, wo Chips geneigt gewesen wäre zu verzeihen. »Ich mag seine Art nicht, Chips. Er ist mir zu sehr von sich eingenommen. Wenn er Ärger will, dann soll er ihn auch bekommen.«

Wie viele solcher kleinen Begebenheiten es waren, alle tief in der Vergangenheit begraben – Sorgen, die einmal dringend gewesen waren, Streit, in dem es einmal böse Worte gab, Anekdoten, die nur deshalb ein Spaß waren, weil man sich an den Spaß von damals noch erinnerte. War ein Gefühl denn noch von Bedeutung, wenn die letzte Spur davon aus dem Gedächtnis der Menschen geschwunden war? Und wenn es so war, welch gewaltige Zahl an Gefühlen klammerte sich dann an ihn als ihre letzte Zuflucht vor der Vernichtung! Er musste freundlich zu ihnen sein, musste sie hegen in seinem Verstand vor ihrem langen Schlaf. Diese Sache mit Archers Rücktritt etwa – eine merkwürdige Geschichte war das gewesen.

Und wie damals Dunster eine Ratte auf die Orgelempore gesetzt hatte, als der alte Ogilvie gerade Chorprobe hielt. Ogilvie war tot, Dunster vor Jütland ertrunken; von den anderen, die bei dem Vorfall dabei gewesen waren oder von ihm gehört hatten, hatten ihn wahrscheinlich die meisten vergessen. Und so ging das schon, mit anderen Vorfällen, jahrhundertelang. Plötzlich kam ihm eine Vision, Tausende und Tausende von Schuljungen, seit den Tagen von Königin Elisabeth; Dynastien von Lehrkräften; ganze Epochen der Geschichte von Brookfield, von denen nicht der Hauch einer Erinnerung blieb. Wer wusste, weswegen das alte Schulzimmer der fünften Klasse »die Grube« genannt wurde? Einmal musste es einen Grund gegeben haben, aber er war seither verloren gegangen – verloren wie die verlorenen Bücher des Livius. Wie ging es in Brookfield zu, als Cromwell ganz in der Nähe die Schlacht von Naseby schlug? Was machte Brookfield, als im Jahr fünfundvierzig die Schotten marschierten? Gab es einen Tag schulfrei, als die Nachricht von

Waterloo kam? Und so weiter, bis in die früheste Zeit, an die er selbst sich noch erinnerte – 1870, als Wetherby bei ihrer ersten und einzigen Begegnung zum Abschied noch im Plauderton gesagt hatte: »Sieht ganz so aus, als ob wir uns eines schönen Tages auch noch mit den Preußen herumschlagen müssten, was?«

Wenn Chips an solche Dinge zurückdachte, dann sagte er sich oft, dass er sie aufschreiben sollte, ein Buch daraus machen; und in seinen Jahren bei Mrs Wickett ging er bisweilen sogar so weit, sich in einem Schulheft ein paar Notizen zu machen. Aber er stieß dabei schnell auf Schwierigkeiten – die größte war, dass ihn das Schreiben ermüdete, geistig wie auch körperlich. Irgendwie verloren seine Erinnerungen auch viel von ihrem Reiz, wenn er sie niederschrieb; diese Geschichte von Rushton und dem Sack Kartoffeln zum Beispiel – im Druck würde sie eher dürftig wirken, aber Gott, wie lustig war das damals gewesen! Und lustig war es auch, wenn man sich daran erinnerte; aber andererseits, wenn man sich nicht mehr an Rushton erinnerte … und wer würde das noch, nach so vielen Jahren? Es war schon so lange her … Mrs Wickett, haben Sie je einen Burschen namens Rushton gekannt? Vor Ihrer Zeit, nehme ich an … Ist nach Burma gegangen, irgendwas im Staatsdienst … oder war es Borneo? Sehr lustiger Bursche, der Rushton … Und schon saß er wieder da am Kamin und träumte, träumte von Zeiten und Dingen, an denen nur er allein insgeheim sein Interesse haben konnte. Lustig und traurig, komisch und tragisch, kamen sie alle zusammen in seinem Verstand, und eines Tages, so schwer es ihm auch fallen mochte, *würde* er Ordnung hineinbringen und ein Buch daraus machen …

8

Und immer war er in seinen Gedanken bei jenem Frühlingstag im Jahre achtundneunzig, an dem er mit langen Schritten durchs Dorf Brookfield gelaufen war wie in einem entsetzlichen Alptraum, fast als könnte er damit in eine äußere Welt entfliehen, wo die Sonne noch schien und alles anders gekommen war. Der junge Faulkner war ihm begegnet, auf dem Weg draußen vor der Schule. »Bitte, Sir, kann ich den Nachmittag frei haben? Meine Eltern kommen.«

»Hm? Was? Aber ja, ja natürlich ...«

»Und die Abendandacht, kann ich da auch noch wegbleiben, Sir?«

»Ja doch ... ja ...«

»Und darf ich zum Bahnhof fahren und sie abholen?«

Fast hätte er gesagt: »Du kannst zur Hölle fahren, wenn es nach mir geht. Meine Frau ist tot, und mein Kind ist tot, und ich wünschte, ich wäre auch tot.«

In Wirklichkeit nickte er nur und hastete weiter. Er wollte mit niemandem reden, keine Beileidsbekundungen hören; er wollte sich an die neuen Verhältnisse gewöhnen, sofern er das konnte, erst dann würde er sich den freundlichen Worten der anderen stellen. Nach dem Appell trat er vor seine vierte Klasse wie immer, gab ihnen Grammatik zum Auswendiglernen, er selbst blieb am Pult, weiter in seiner eisigen Trance. Plötzlich sagte einer: »Bitte, Sir, da sind eine Menge Briefe für Sie.«

Das stimmte; er hatte sich mit dem Ellenbogen daraufgestützt; alle waren sie an ihn persönlich adressiert. Er riss sie auf, einen nach dem anderen, und in jedem war nichts als ein leeres Blatt Papier. Das war doch merkwürdig, dachte er vage, sagte aber nichts; der Vorfall war zu unbedeutend im Vergleich zu dem so viel Größeren, das seine Gedanken ganz beschäftigte. Erst Tage später ging ihm auf, dass es ein Aprilscherz gewesen war.

Sie waren beide am selben Tag gestorben, die Mutter und das neugeborene Kind; am 1. April 1898.

9

Chips zog aus der geräumigeren Wohnung im Haupthaus wieder zurück in sein altes Junggesellenquartier. Anfangs wollte er seinen Posten als Hausvorstand aufgeben, aber der Direktor redete es ihm aus, und später war er froh darüber. Diese Arbeit gab ihm etwas zu tun, füllte eine Leere in seinen Gedanken wie in seinem Herzen. Er hatte sich verändert; das fiel allen auf. So wie die Ehe etwas zu seinem Wesen hinzugefügt hatte, tat es nun auch der Verlust; nach der ersten Benommenheit der Trauer war urplötzlich die Art von Mann aus ihm geworden, die zumindest die Schuljungen unwillkürlich als »alt« ansahen. Nicht dass er weniger aktiv gewesen wäre; er bekam immer noch sein halbes Hundert auf dem Cricketfeld zusammen; auch seine Arbeit erledigte er nicht weniger eifrig und gewissenhaft als zuvor. Sein Haar war tatsächlich schon Jahre zuvor grau geworden; aber jetzt bemerkten die Leute es anscheinend zum ersten Mal. Er war fünfzig. Einmal, nach mehreren sportlichen Fünferschlägen, die er so gut gespielt hatte wie manch einer halb so alt wie er, hörte er einen Jungen sagen: »Gar nicht schlecht für einen alten Knaben wie den.«

Als er schon über die achtzig hinaus war, erzählte Chips diese Geschichte gern unter großem gutmütigem Glucksen. »Alt mit fünfzig, was? Hmn – das war Naylor, der das gesagt hat, und Naylor muss ja jetzt selbst schon auf die fünfzig zugehen! Ob er wohl immer noch denkt, dass man mit fünfzig ein alter Knabe ist? Ich habe gehört, er ist Anwalt geworden, und Anwälte leben lang – da muss man nur Halsbury ansehen – hmn – Kanzler mit zweiundachtzig, gestorben mit neunundneunzig. *Das* – hmn –, *das* nenne ich alt! Zu alt mit fünfzig – ja so ein Bursche ist doch mit fünfzig noch viel zu *jung* …

ich selbst war mit fünfzig noch … gerade mal ein Baby …«

Und in gewissem Sinne stimmte das. Denn mit dem neuen Jahrhundert stellte sich bei Chips eine Milde ein, die all seine zunehmend deutlicheren Schrullen und seine immergleichen Scherze zu einem Ganzen verband, einer Harmonie. Die gelegentlichen kleinen Schwierigkeiten mit der Disziplin verschwanden nun ganz, auch Zweifel an seiner Arbeit und seinem Wert hatte er keine mehr. Er spürte, wie sein Stolz auf Brookfield auf ihn zurückstrahlte, sodass er seinerseits Stolz auf sich selbst und auf seine Stellung empfand. Seine Arbeit gab ihm die Freiheit, voll und ganz er selbst zu sein. Durch die Zahl seiner Jahre, die größere Reife, hatte er Zugang zu einem unerforschten Reich der Privilegien gefunden; er hatte sich ein Recht auf jene kleinen Wunderlichkeiten erworben, die Lehrer und Landpfarrer so oft entwickeln. Er trug seinen Talar, bis er so abgewetzt war, dass er beinahe auseinanderfiel; und wenn er auf der Holzbank an der Treppe zur Aula stand, um den Appell abzunehmen, tat er es mit der verklärten Miene eines Mystikers, erfüllt von Hingabe an das Ritual. Er hielt das Schülerverzeichnis, eine lange Schriftrolle, die er über ein Schreibbrett zog; jeder Junge nannte Chips im Vorübergehen seinen Namen, Chips vergewisserte sich auf der Liste und hakte den Namen ab. Der Blick, mit dem er die Anwesenheit quittierte, war ein leichter und gern genommener Anlass für Albereien, in der ganzen Schule wurde er nachgeäfft – die Nickelbrille ganz vorn auf der Nasenspitze, die Augenbrauen gehoben, die eine ein wenig höher als die andere, der Ausdruck halb selig, halb forschend. Und an windigen Tagen, wenn Talar, weißes Haar und Schülerliste in wildem Durcheinander flatterten, wurde aus allem zusammen eine komische Nummer, gerade passend für die Zeit zwischen dem nachmittäglichen Sport und der Rückkehr zum Unterricht.

Manche dieser Namen, in kleinen Gruppen wie der Refrain eines Lieds, kamen ihm später ganz unwillkürlich in den Sinn … »Ainsworth, Attwood, Avonmore, Babcock, Baggs, Barnard, Bassenthwaite, Battersby, Beccles, Bedford-Marshall, Bentley, Best …«

Eine andere:

»… Unsley, Vailes, Wadham, Wagstaff, Wallington, Waters *primus*, Waters *secundus*, Watling, Waveney, Webb …«

Und noch eine, die, wie er seinen Viertklässlern im Lateinunterricht zu sagen pflegte, ein perfektes Beispiel für einen Hexameter war:

»… Lancaster, Latton, Lemare, Lytton-Bosworth, MacGonigall, Mansfield …«

Was wohl aus ihnen allen geworden war?, überlegte er oft; diese Fäden, die er einmal zusammengehalten hatte, wie weit mochten sie inzwischen geweht sein, manche zerrissen, andere zu neuen, unbekannten Mustern verwoben? Das seltsam Zufällige der Welt faszinierte ihn, die Zufälligkeit, die, solange die Welt auch noch bestehen mochte, diesen Kehrreimen nie wieder einen Sinn geben würde.

Und jenseits von Brookfield, so wie man, wenn der Nebel sich lichtet, jenseits eines Bergs einen weiteren erblicken mag, sah er eine Welt der Verwerfungen und der Zwietracht; und er sah sie, mehr als ihm bewusst war, mit den Augen von Kathie, so wie er sich ihrer erinnerte. Sie hatte ihm nicht all ihren Verstand vermachen können, geschweige denn dessen strahlende Schärfe; aber sie hatte ihm eine Besonnenheit, einen Gleichmut hinterlassen, der im Einklang mit den Regungen in seinem eigenen Inneren stand. Es war bezeichnend für ihn, dass er die erbitterte Hetze gegen die Buren nicht teilte. Nicht dass er auf deren Seite gestanden hätte – dazu war er zu traditionell, und die Leute, die tatsächlich zu den Buren hielten, mochte er nicht; aber manchmal ging ihm doch durch den Kopf, dass der Kampf der Buren eine seltsame Ähnlichkeit mit den Kämpfen gewisser Gestalten hatte, die in englischen Geschichtsbüchern als Helden verehrt wurden – dem angelsächsischen Hereward zum Beispiel oder Caractacus. Einmal versuchte er, seine fünfte Klasse mit einer Andeutung in diese Richtung zu schockieren, aber sie hielten es nur für einen seiner üblichen Scherze.

Mochte er im Fall der Buren noch ketzerisch sein, hielt er es mit der Menge bei Mr Lloyd George und seinem Reformprogramm. Er mochte sie beide nicht. Und als L. G. Jahre später als Ehrengast auf die Abschlussfeier in Brookfield kam, sagte Chips, als er ihm vorgestellt wurde: »Mr Lloyd George, ich bin nun beinahe schon so alt – hmn –, dass ich mich noch an Sie als jungen Mann erinnere, und ich muss sagen – hmn –, Sie haben sich, scheint mir – hmn – seither sehr gebessert.« Der Direktor, der dabeistand, erschrak nicht wenig; aber L. G. lachte herzlich und unterhielt sich mit Chips auf dem folgenden Fest mehr als mit allen anderen.

»Typisch Chips«, hieß es hinterher. »Der kommt mit so was durch. Wahrscheinlich kann man, wenn man erst mal so alt ist, alles sagen, egal zu wem …«

10

Im Jahr 1900 starb der alte Meldrum, Wetherbys Nachfolger, der drei Jahrzehnte lang die Leitung der Schule innegehabt hatte, plötzlich an einer Lungenentzündung; und für die Zwischenzeit, bis ein Nachfolger bestimmt war, wurde Chips kommissarischer Leiter von Brookfield. Eine ganz kleine Chance bestand, dass die Kuratoren daraus eine dauerhafte Stelle machten; aber im Grunde war Chips nicht enttäuscht, als sie einen jungen Mann von außerhalb vorzogen, gerade mal siebenunddreißig, überhäuft mit Sport- und akademischen Auszeichnungen, jemanden, der das Zeug dazu hatte, die ganze Aula zum Verstummen zu bringen, indem er einfach nur eine Augenbraue hob. So jemand war ein ganz anderes Kaliber als Chips; gegen so jemanden hatte Chips nie eine Chance gehabt und würde sie nie haben, und das wusste er. Er war ein Wesen von gänzlich anderer Art, milde von Natur aus und niemals grausam.

Aus den Jahren, die nun folgten, bis er sich 1913 zur Ruhe setzte, war sein Verstand von Bildern erfüllt, Bilder, die ihm noch so deutlich vor Augen standen wie eh.

Ein Maimorgen; das Läuten der Schulglocke zu ungewohnter Stunde; alle zur Versammlung in die Aula gerufen. Ralston, der neue Direktor, sehr ernst und konzentriert, nahm die Menge mit einer kalten, unheilkündenden Strenge in den Blick. »Sie werden alle tief betrübt sein zu hören, dass Seine Majestät König Edward der Siebte am heutigen Morgen verstorben ist … Der Nachmittagsunterricht fällt aus, stattdessen findet um vier Uhr dreißig ein Gottesdienst in der Kapelle statt.«

Ein Sommermorgen an der Bahnstrecke bei Brookfield. Die Eisenbahner streikten, Soldaten taten als Lokomotivführer Dienst, Züge wurden mit Steinen beworfen. Jungs von Brookfield sprangen als Streckenwärter ein, für sie war die ganze Sache ein Riesenspaß. Chips, mit der Leitung betraut, stand ein wenig abseits und unterhielt sich mit einem Mann am Tor zu einem Cottage. Der junge Crickdale kam heran. »Bitte, Sir, was sollen wir machen, wenn wir auf Streikende treffen?«

»Möchten Sie gern einen kennenlernen?«

»Ich – ich weiß nicht, Sir.«

Der Himmel mochte dem Jungen beistehen – redete von den Männern, als wären es seltsame Tiere im Zoo! »Ja, dann – hmn – dann können Sie gleich hier Mr Jones kennenlernen – der ist im Streik. Wenn er Dienst hat, untersteht ihm das Stellwerk am Bahnhof. Schon viele Male haben Sie ihm Ihr Leben anvertraut.«

Bald machte die Geschichte in der Schule die Runde: Chips hatte sich mit einem Streikenden unterhalten. Einem Streikenden. Und es hatte ausgesehen, als spräche er ganz freundlich mit ihm.

Chips ließ sich das viele Male durch den Kopf

gehen, und jedes Mal sagte er sich, dass Kathie es richtig gefunden und sich gewiss ebenso amüsiert hätte.

Denn was ihn nie verließ, egal was geschah und egal welch verschlungene Pfade die Politik auch nahm, war sein Glaube an England, das Ureigene Englands, und an Brookfield als Institution, deren Wert am Ende davon abhängen würde, ob die Schule ihren Platz im englischen Leben fand, mit Würde und ohne Verstellung. Sein Erbe war eine Einsicht gewesen, deutlicher von Jahr zu Jahr – er sah ein England, dessen Tage des guten Lebens schon fast vorüber waren, eine Nation, die auf Fahrwasser zusteuerte, in denen schon ein haarkleiner Fehler zur Katastrophe führen konnte. Er dachte zurück an das Diamantjubiläum von Königin Viktoria; in Brookfield hatte es einen ganzen Tag schulfrei gegeben, und er war mit Kathie nach London zur Parade gefahren. Wie die alte Dame, schon zu Lebzeiten eine Legende, in ihrer Kutsche gesessen hatte wie eine längst brüchige Holzpuppe, ein so eindrucksvolles Symbol für so vieles, was, wie sie selbst, sich nun seinem Ende näherte! War es nur die Jahrhundertwende gewesen, oder ging eine ganze Ära zu Ende?

Und dann die Hektik des edwardianischen Jahrzehnts, wie eine Glühbirne, die immer heller und strahlender wird, gerade bevor sie ausbrennt und verlischt.

Streiks und Aussperrungen, Champagnerpartys und die Märsche der Arbeitslosen, das chinesische Arbeitskorps, Schutzzollpolitik, HMS Dreadnought, die Marconi-Affäre, Home Rule in Irland, Dr. Crippen, die Suffragetten, die Tschataldscha-Linie …

Ein Aprilabend, windig und regnerisch; die vierte Klasse schlug sich mit Vergil herum, nicht gerade konzentriert, denn es standen aufregende Nachrichten in der Zeitung; besonders der junge Grayson war fahrig und abwesend. Ein stiller, nervöser Junge.

»Grayson – hmn –, Sie bleiben nach Stundenschluss noch.«

Dann:

»Grayson, ich will nicht – hmn – streng mit Ihnen sein, schließlich sind Sie meist ein recht ordentlicher Schüler, aber – hmn – am heutigen Tage – hmn –, da haben Sie sich anscheinend überhaupt keine Mühe gegeben. Fehlt Ihnen etwas?«

»N-nein, Sir.«

»Nun, dann – hmn – verlieren wir kein weiteres Wort mehr darüber, aber das nächste Mal – hmn – erwarte ich, dass Sie es besser machen.«

Am nächsten Morgen wurde in der Schule erzählt, Graysons Vater sei an Bord der Titanic gewesen, und über sein Schicksal habe man noch nichts erfahren.

Grayson durfte dem Unterricht fernbleiben; einen ganzen Tag lang kreisten die Gedanken der ganzen Schule um seine Ängste. Dann kam die Nachricht, dass sein Vater unter den Geretteten war.

Chips schüttelte dem Jungen die Hand. »Das – hmn – freut mich sehr, Grayson. Ein glücklicher Ausgang. Da sieht die Welt wieder besser aus.«

»J-ja, Sir.«

Ein stiller, nervöser Junge. Und es sollte Grayson *senior* sein, nicht *junior*, dem Chips schließlich sein Beileid aussprechen musste.

11

Und dann der Streit mit Ralston. Seltsame Geschichte, Chips hatte ihn nie gemocht. Er war tüchtig, zielstrebig, ehrgeizig, aber irgendwie nicht gerade liebenswert. Zugegeben, er hatte das Ansehen von Brookfield als Schule gemehrt, zum ersten Mal seit Menschengedenken gab es sogar eine recht lange Warteliste. Ralston war ein Tatmensch, jemand, der Dinge in Bewegung setzte; aber man musste vor ihm auf der Hut sein.

Chips hatte sich die Mühe, auf der Hut zu sein, nie gemacht; der Mann war ihm nicht sympathisch, aber er diente ihm durchaus willig und vollkommen loyal. Oder besser gesagt, er diente Brookfield. Chips wusste, dass Ralston seinerseits auch ihn nicht mochte; aber er war im Glauben, das könne ihm nichts anhaben. Sein Alter, die lange Zeit, die er schon an der Schule tätig war, boten für seine Begriffe Schutz genug vor dem Schicksal, das andere Lehrkräfte, deren Nase Ralston nicht gefiel, ereilt hatte.

Dann plötzlich, 1908, als er eben sechzig geworden war, kam Ralstons dezentes Ultimatum. »Mr Chipping, haben Sie schon einmal überlegt, ob Sie sich nicht zur Ruhe setzen wollen?«

Chips blickte hierhin und dorthin in dem büchergesäumten Arbeitszimmer, verblüfft von Ralstons Ansinnen; er konnte sich nicht erklären, wie er auf so eine Frage kam. Schließlich sagte er: »Nein – hmn – ich kann nicht sagen, dass ich – hmn – bisher darüber nachgedacht hätte.«

»Nun, Mr Chipping, dann sollten Sie es sich einmal überlegen. Natürlich würde das Kuratorium Sie mit einer angemessenen Pension versehen.«

Ganz unvermittelt geriet Chips in Rage. »Aber – hmn – ich will nicht – ich will mich nicht zur Ruhe setzen. Ich – hmn – muss mir das nicht überlegen.«

»Trotzdem will ich Ihnen dazu raten.«

»Aber – hmn – ich wüsste nicht – warum – ich das sollte!«

»In dem Falle werden die Dinge ein wenig schwierig.«

»Schwierig? Wieso – schwierig?«

Und dann ging es los. Ralston wurde immer kühler und strenger, Chips immer hitziger und leidenschaftlicher, bis Ralston schließlich, in eisigem Tonfall, sagte: »Da Sie mich zwingen, zu klaren Worten zu greifen, Mr Chipping, sollen Sie sie hören. Schon seit geraumer Zeit ist Ihr Beitrag zum Schulbetrieb bescheiden. Ihr Unterricht ist langweilig und altmodisch; Ihr Äußeres ist nachlässig; und Sie missachten meine Anweisungen in einem Maße, das ich bei einem jüngeren Mann geradezu als Aufsässigkeit ansehen würde. So geht das nicht, Mr Chipping, und Sie müssen es allein meiner Nachsicht zuschreiben, dass ich es so lange geduldet habe.«

»Aber …«, hob Chips an, schier fassungslos; und dann hielt er sich an einzelne Wörter aus dieser unerhörten Anklage. »*Nachlässig* – hmn – sagen Sie?«

»Ja, schauen Sie sich Ihren Talar an. Mir ist zu Ohren gekommen, dass man sich in der ganzen Schule über diesen Talar lustig macht.«

Das wusste Chips auch, aber er hatte es nie sonderlich schlimm gefunden.

Er fuhr fort: »Und – Sie sprechen auch – hmn –, Sie sprechen von – *Aufsässigkeit*?«

»Nein. Ich habe gesagt, dass ich es bei einem Jüngeren als Aufsässigkeit ansehen würde. In Ihrem Falle ist es vermutlich eine Mischung aus Schlaffheit und Starrköpfigkeit. Die Aussprache des Lateinischen zum Beispiel – ich glaube, ich habe Ihnen schon vor Jahren gesagt, ich wünsche, dass in der gesamten Schule der neue Stil verwendet wird. Die anderen Lehrer setzen die Anweisung um; Sie bleiben lieber bei Ihren alten Methoden, und heraus kommt nichts als Durcheinander und Schlamperei.«

Jetzt hatte Chips endlich etwas Greifbares, gegen das er angehen konnte. »Ach, *das*!«, antwortete er verächtlich. »Nun, ich – hmn – ich gebe zu, dass ich mit der neuen Aussprache nicht einverstanden bin. War ich von Anfang an nicht. Hmn – ein Haufen Unsinn, wenn Sie mich fragen. Die Jungen zwingen, im Unterricht ›Kickero‹ zu sagen, wo sie dann – hmn – für den Rest ihres Lebens ›Cicero‹ sagen werden – wenn sie – hmn – es überhaupt noch einmal sagen. Und statt ›vicisti‹ – ja lieber Himmel! – sollen sie ›Wie küsst die‹ sagen! Hmn – hmn!« Und er gluckste vor sich hin, vergaß kurz, dass er ja in Ralstons Büro war und nicht in seinem Klassenzimmer unter Wohlgesinnten.

»Da sehen Sie es, Mr Chipping – nur ein kleines Beispiel für das, was ich Ihnen vorhalte. Sie haben Ihre Meinung, ich eine andere, und da Sie von Ihrer nicht lassen wollen, bleibt mir keine Wahl. Mein Ziel ist es, aus Brookfield eine Schule zu machen, die ganz auf der Höhe der Zeit steht. Ich selbst bin von Haus aus Naturwissenschaftler, aber das heißt nicht, dass ich den alten Sprachen nicht ihren Platz einräumen will – nur muss der Unterricht zeitgemäß sein. Dass es tote Sprachen sind, soll kein Grund sein, sie mit toten Methoden zu vermitteln. Wenn ich es recht sehe, Mr Chipping, ist Ihr Latein- und Griechischunterricht noch exakt der gleiche wie vor zehn Jahren, als ich hier anfing.«

Chips antwortete bedächtig, und mit Stolz: »Genau genommen – hmn – war er schon so, als Ihr Vorgänger – Mr Meldrum – herkam, und das – hmn – war vor achtunddreißig Jahren. Mr Meldrum und ich – hmn –, wir haben beide unsere Stelle hier im – hmn – Jahre 1870 angetreten. Und es war – hmn – Mr Meldrums Vorgänger, Mr Wetherby –, der seinerzeit meinen Lehrplan billigte. ›Sie übernehmen die Vierte mit Cicero‹, sagte er zu mir. Und er sagte Cicero – nicht Kickero!«

»Hochinteressant, Mr Chipping, aber auch das belegt nur, was ich sage – Sie leben zu sehr in der Vergangenheit und nicht genug in Gegenwart und Zukunft. Die Zeiten ändern sich, ob Sie das nun wahrhaben wollen oder nicht. Moderne Eltern erwarten mehr für ihre drei Jahre Schulgeld als ein paar Zitate aus Sprachen, die keiner mehr spricht. Außerdem lernen Ihre Jungen ja nicht einmal das. Im letzten Schuljahr hat kein einziger die Abschlussprüfung bestanden.«

Und da plötzlich, eine Sturzflut von Gedanken, die viel zu sehr drängten, als dass er sie in Worte hätte fassen können, machte Chips sich klar, wie er zu diesen Dingen stand. Diese Prüfungen und Zeugnisse und das alles – was spielten die für eine Rolle? Und immer tüchtig sein, immer modern – welche Rolle spielte *das*? Ralston wollte Brookfield leiten wie eine Fabrik – eine Fabrik, die eine Gesellschaft von Snobs produzieren würde, auf der Grundlage von Geld und Maschinen. Die alten Traditionen eines Gentlemans, in denen Familie und Grundbesitz etwas galten, wandelten sich, wie sie es wohl zwangsläufig mussten; doch statt sie auszuweiten zu einer echten, umfassenden Demokratie, die für Graf und Gärtner gleichermaßen gegolten hätte, verengte Ralston sie auf einen einzigen Punkt: ein dickes Bankkonto. Nie zuvor hatte es in Brookfield so viele Söhne reicher Eltern gegeben. Beim jährlichen Schulfest ging es zu wie in Ascot. Ralston lernte diese Geldsäcke in Londoner Clubs kennen und redete ihnen ein, dass Brookfield *die* kommende Schule sei, und da ein Platz in Eton oder Harrow sich nicht mit Geld kaufen ließ, schluckten sie seinen Köder gierig. Grässliche Kerle, manche von ihnen – obwohl es auch durchaus Anständige unter ihnen gab. Finanzleute, Firmengründer, Pillenfabrikanten. Einer gab seinem Sohn fünf Pfund die Woche Taschengeld. Vulgär … protzig … die überreife Fäulnis dieser überspannten Zeit … Einmal hatte Chips Ärger bekommen wegen eines Witzes über den Namen und die Herkunft eines Jungen. Der Junge schrieb davon nach Hause, und der Vater schickte einen wütenden Brief an Ralston. Leicht zu beleidigen, kein Sinn für Humor, kein Maß für die Dinge – so sah es aus, mit diesen neuen Leuten … Kein Maß für die Dinge. Und ein Maß für die Dinge, das war das Wichtigste, was sie in Brookfield den Jungen beibringen mussten – wichtiger als Latein oder Griechisch oder Chemie und Physik. Und ein solches Maß für die Dinge ließ sich nicht mit Prüfungen oder Zeugnissen messen …

All das zuckte blitzschnell durch seinen Verstand, ein kurzer Augenblick des Widerspruchs, der Empörung, aber er sagte kein Wort davon. Er raffte nur einfach seinen zerschlissenen Talar, und mit einem »Hmn – hmn« ging er in Richtung Tür. Dort drehte er sich noch einmal um und sagte: »Ich habe – hmn – nicht die Absicht, mich zur Ruhe zu setzen – und Sie – hmn – können damit machen, was Sie wollen!«

Wenn er nun mit der Seelenruhe, die ein Vierteljahrhundert Abstand ihm bescherte, auf diese Szene zurückblickte, fand Chips in seinem Herzen sogar ein wenig Mitleid mit Ralston. Zumal, wie sich herausgestellt hatte, Ralston gar nicht wusste, mit welchen Kräften er sich anlegte. Was allerdings damals auch auf Chips selbst zutraf. Beide hatten sie die Macht der Tradition in

Brookfield falsch eingeschätzt, die Bereitschaft, sich selbst und ihre Verteidiger zu verteidigen. Denn wie der Zufall es wollte, hatte ein jüngerer Schüler, der an jenem Vormittag zu Ralston bestellt war und vor der Tür wartete, die ganze Auseinandersetzung mit angehört; natürlich hatte er das aufregend gefunden und seinen Freunden davon erzählt. Einige darunter hatten es in überraschend kurzer Zeit ihren Eltern weitererzählt, und binnen Kurzem wussten alle, dass Ralston Chips abgekanzelt und ihn aufgefordert hatte, sich zur Ruhe zu setzen. Und so unglaublich das war, sofort und spontan hatten sich alle für ihn eingesetzt, etwas, das Chips sich in seinen kühnsten Träumen nicht ausgemalt hätte. Ja, zu seiner Überraschung stellte er fest, dass Ralston durch und durch unbeliebt war; man fürchtete ihn, man achtete ihn, aber man mochte ihn nicht; und jetzt, in der *causa* Chips, steigerte sich diese Antipathie in einem Maße, dass Ängste bezwungen wurden, ja die Grenzen des Respekts fielen. Es war die Rede von einem Aufstand der ganzen Schule, sollte es Ralston gelingen, Chips von dort zu verbannen. Die Lehrerschaft, viele davon junge Männer, die sich vollkommen einig in dem Urteil waren, dass Chips hoffnungslos altmodisch war, stieg trotzdem für ihn auf die Barrikaden, weil ihnen Ralstons Sklaventreiberei zuwider war und sie in dem alten Kämpen ein Vorbild für alle sahen. Und eines Tages war der Vorsitzende des Kuratoriums, Sir John Rivers, nach Brookfield gekommen, hatte Ralston gar nicht beachtet und war geradewegs zu Chips gegangen. »Ein anständiger Mann, dieser Rivers«, pflegte Chips zu sagen, wenn er die Geschichte zum dutzendsten Mal Mrs Wickett erzählte. »Kein – hmn – kein besonders helles Licht im Unterricht. Ich weiß noch, die – hmn –, die Verbformen hat er nie gekonnt. Und jetzt – hmn –, jetzt sehe ich in der Zeitung – hmn –, dass sie ihn zum Baronet gemacht haben. Da sieht man es mal wieder. Hmn. Da sieht man es.«

An jenem Morgen im Jahr 1908 hatte Sir John

Chips beiseitegenommen und war Arm in Arm mit ihm über die verlassenen Cricketfelder spaziert. »Chips, alter Junge«, sagte er, »ich höre, Sie haben einen verdammt großen Krach mit Ralston gehabt. Ich höre es mit Bedauern, um Ihretwillen – aber Sie sollen wissen, dass das Kuratorium auf Ihrer Seite steht, und zwar voll und ganz. Wir mögen diesen Burschen nicht besonders. Clever mag er sein, aber ein bisschen *zu* clever, wenn Sie mich fragen. Sagt, er habe das Stiftungsvermögen der Schule verdoppelt, mit irgendwelchen Spekulationen an der Börse. Das wird schon stimmen, aber ich finde, bei einem wie ihm, da muss man sich vorsehen. Und wenn er jetzt also anfängt, Sie zu drangsalieren, dann sagen Sie ihm ganz höflich, dass er sich zum Teufel scheren kann. Das Kuratorium will nicht, dass Sie sich zur Ruhe setzen. Brookfield wäre ohne Sie nicht dasselbe, und das wissen wir. Das wissen wir alle. Sie können hierbleiben, bis Sie hundert sind, wenn Ihnen danach ist – ja, wir hoffen sogar, dass Sie das tun.«

Und das war die Stelle, an der – schon damals und immer wenn er die Geschichte wiedererzählte – Chips die Tränen kamen.

12

Also blieb er in Brookfield und sah zu, dass er mit Ralston so wenig zu tun hatte wie möglich. Und im Jahr 1911 ging Ralston, »um sich zu verbessern«; man hatte ihm die Leitung einer der größeren Public Schools angeboten. Sein Nachfolger war ein Mann namens Chatteris, den Chips mochte; er war sogar noch jünger, als Ralston gewesen war – vierunddreißig. Dem Vernehmen nach ein brillanter Mann; jedenfalls war er modern (Naturwissenschaftler), freundlich und sympathisch. Er begriff, dass Chips in Brookfield eine Institution war, und nahm es galant und weise als gegeben hin.

Im Jahr 1913 hatte Chips Bronchitis gehabt und fiel fast das ganze Wintertrimester aus. Das gab den Ausschlag zu dem Entschluss, sich im

Sommer, wenn er fünfundsechzig war, zur Ruhe zu setzen. Schließlich war es ein gutes, reifes Alter; und Ralstons rabiate Worte hatten auf lange Sicht doch noch ihre Wirkung getan. Chips fand, dass es nicht anständig war, sich an seinen Posten zu klammern, wenn er die Arbeit nicht mehr ordentlich tun konnte. Außerdem würde er auch nicht alle Verbindungen kappen. Er würde sich im Haus gegenüber einmieten, bei der trefflichen Mrs Wickett, die früher einmal die Wäschekammer unter sich gehabt hatte; von da konnte er der Schule jederzeit einen Besuch abstatten und blieb sozusagen auch weiterhin ein Teil von ihr.

Bei jenem letzten Trimesterabschlussessen, im Juli 1913, wurde Chips in aller Form verabschiedet und hielt eine Rede. Es war keine lange Rede, aber mit einer schönen Zahl von Scherzen darin, und so kam sie wohl auf die doppelte Länge durch das Gelächter, bei dem er immer wieder innehalten musste. Sie enthielt mehrere lateinische Zitate, und auch einen Seitenhieb auf den

Schulsprecher, der laut Chips in der Aufzählung seiner (Chipsens) Verdienste um Brookfield übertrieben habe. »Aber – hmn – er kommt ja auch – hmn – aus einer Familie, die zur Übertreibung neigt. Ich – ähm – ich weiß noch, wie ich einmal deswegen – seinem Vater die Hosen strammziehen musste. (Gelächter.) Ich gab ihm – hmn – einen Punkt für eine Latein-Übersetzung, und er – hmn –, er übertrieb es zu einer Sieben! Hmn – hmn.« Schallendes Gelächter, laute Hochrufe. Eine typische Chips-Bemerkung, fanden alle.

Dann kam er darauf zu sprechen, dass er zweiundvierzig Jahre in Brookfield gewesen und dort sehr glücklich gewesen sei. »Es war mein Leben«, sagte er einfach nur. »*O mihi praeteritos referat si Jupiter annos* … Hmn – das muss ich – natürlich – nicht übersetzen.« (Großes Gelächter.) »Ich entsinne mich mancher Veränderung in Brookfield. Ich weiß noch, wie – ähm – das erste Fahrrad kam. Ich erinnere mich an die Zeit, als es noch kein Gas- und kein elektrisches Licht gab und wir noch einen Hausangestellten hatten, der der Lampenjunge hieß – er tat nichts anderes, als in der ganzen Schule die Lampen zu putzen und zu versorgen und anzuzünden. Ich erinnere mich an ein Wintertrimester, in dem wir sieben Wochen lang strengen Frost hatten – wir konnten nicht auf die Sportplätze, und die ganze Schule lernte in den Fens eislaufen. In den Achtzehn-achtzigern war das. Ich weiß noch, wie zwei Drittel der Schule die Röteln hatte und die Aula als Krankensaal diente. Ich weiß noch, wie wir ein großes Freudenfeuer entzündeten, als die Belagerung von Mafeking vorüber war. Wir hatten es zu nahe am Pavillon aufgebaut und mussten die Feuerwehr rufen. Aber die Feuerwehrleute feierten den Tag auch, und die meisten von ihnen waren in – ähm – beklagenswertem Zustand. (Gelächter.) Ich erinnere mich noch an Mrs Brool, deren Fotografie bis heute im Kiosk hängt; den betrieb sie, bis ein Onkel in Australien ihr eine Menge Geld hinterließ. Ja, ich erinnere mich an so viele Dinge, dass ich oft denke, ich sollte ein

Buch darüber schreiben. Wie würde ich so ein Buch nennen? *Über Rohrstock und Stein*, hm? (Hochrufe, Gelächter. Der war wirklich gut, fanden sie alle – einer von Chipsens besten.) Nun ja, vielleicht schreibe ich es eines Tages noch. Aber noch lieber will ich es allen erzählen. Ich weiß noch … Ich weiß noch … Aber am besten im Gedächtnis geblieben sind mir all Ihre Gesichter. Ich vergesse nie eins. Tausende von Gesichtern sind in meinem Gedächtnis gespeichert – Gesichter von Schuljungen. Wenn Sie mich in zukünftigen Jahren einmal besuchen kommen – und ich hoffe, das werden Sie –, werde ich versuchen, mir auch Ihre älter gewordenen Gesichter einzuprägen, aber ich kann nicht versprechen, dass es mir gelingt – und dann sehen Sie mich eines Tages irgendwo, und ich erkenne Sie nicht, und Sie werden sagen: ›Der alte Knabe kennt mich nicht mehr.‹ (Gelächter.) Aber ich *kenne* Sie – so wie Sie *jetzt* sind. Das will ich sagen. In meiner Erinnerung werden Sie niemals älter. Niemals. Manchmal zum Beispiel, wenn mir jemand von unserem ehrenwerten Kuratoriumsvorsitzenden erzählt, denke ich bei mir: ›Ach ja, der lustige kleine Kerl, dem immer die Haare zu Berge standen – und nicht die leiseste Ahnung, was der Unterschied zwischen einem Gerundium und einem Gerundivum ist.‹ (Lautes Gelächter.) Na, ich – hmn –, ich darf nicht den ganzen Abend so weitererzählen. Denken Sie ab und zu an mich, so wie ich gewiss an Sie denken werde. *›Haec olim meminisse juvabit‹* … auch das muss ich nicht übersetzen …« (Großes Gelächter, Jubel, mehrfache Hochrufe.)

August 1913. Chips fuhr zur Kur nach Wiesbaden, wo er bei der Familie des Brookfielder Deutschlehrers, Herrn Stäfel, wohnte, mit dem er sich angefreundet hatte. Stäfel war dreißig Jahre jünger als er, aber die beiden verstanden sich prächtig. Als im September das neue Schuljahr begann, kehrte Chips zurück und bezog seine Wohnung bei Mrs Wickett. Er fühlte sich ein gutes Stück kräftiger und rüstiger nach seiner Reise und wünschte sich beinahe, er wäre doch noch aktiv geblieben. Aber auch so fand er Beschäftigung genug. Er lud sämtliche neuen Schüler zum Tee ein. Bei allen wichtigen Sportereignissen in Brookfield war er als Zuschauer dabei. Einmal im Trimester aß er mit dem Direktor zu Abend, und einmal auch mit dem Kollegium. Er übernahm Recherche und Redaktion eines neuen Brookfielder Schülerkalenders. Er wurde Vorsitzender des Ehemaligenclubs und fuhr zu Diners nach London. Dann und wann schrieb er Artikel, voller Scherze und lateinischer Zitate, für das einmal im Trimester erscheinende Brookfield-Magazin. Jeden Morgen las er die *Times*, studierte sie gründlich; und er gewöhnte sich an, Kriminalromane zu lesen – die hatten es ihm angetan, seit er zum ersten Mal mit Sherlock mitgefiebert hatte. Ja, er hatte zu tun, und er war guter Dinge dabei. Ein Jahr darauf, 1914, war er wieder beim Abschlussessen dabei. Es war viel von Krieg die Rede – Bürgerkrieg in Ulster, Spannungen zwischen Österreich und Serbien. Herr Stäfel, der am nächsten Tag nach Deutschland aufbrechen wollte, sagte zu Chips, er glaube nicht, dass man sich wegen der Balkangeschichte Sorgen machen müsse.

13

Die Kriegsjahre.

Der erste Schock, dann der erste Optimismus. Die Marneschlacht, die russische Dampfwalze, Kitchener.

»Meinen Sie, es wird lange dauern, Sir?«

Die Frage wurde an Chips gerichtet, beim ersten Spiel der Saison, und seine Antwort war voller Optimismus. Er war damit, wie Tausende anderer, gründlich im Irrtum; aber anders als Tausende anderer leugnete er es später nicht. »Ich denke – ähm –, bis – ähm – bis Weihnachten sind wir damit fertig. Die Deutschen sind jetzt schon geschlagen. Aber warum fragen Sie, Forrester? Sie – ähm – wollen sich doch nicht etwa freiwilig melden?«

Ein Witz, denn Forrester war der schmächtigste Neuzugang, den es in Brookfield je gegeben hatte – ungefähr eins zwanzig über seinen schlammigen Fußballschuhen. (Aber doch kein Witz, wenn man später darüber nachdachte, denn er kam 1918 um – abgeschossen, in Flammen niedergestürzt über Cambrai.) Doch keiner ahnte, was allen bevorstand. Es war tragisch, aber damals noch eine Sensation, als der erste Ehemalige von Brookfield auf dem Schlachtfeld sein Leben ließ – im September. Als Chips davon hörte, überlegte er: Vor hundert Jahren haben Jungen aus dieser Schule noch *gegen* die Franzosen gekämpft. Seltsam, wie die Opfer der einen Generation diejenigen der vorangegangenen auslöschten. Er versuchte, das Blades zu erklären, dem Schülersprecher, aber der, achtzehn Jahre alt und bereits Offiziersanwärter, hatte nur gelacht. Was hatte denn dieser ganze Geschichtskrempel damit zu tun? Wieder mal der alte Chips mit seinen verschrobenen Ideen, nichts weiter.

1915. Armeen, im Stillstand ineinander verbissen von der See bis an die Schweiz. Die Dardanellen. Gallipoli. Militärlager, ganz in der Nähe von Brookfield aus dem Boden gestampft; Soldaten, die zu Sport und Ausbildung auf die Spielfelder kamen; eilig organisierte Offizierslehrgänge. Die meisten jüngeren Lehrer im Feld oder in Uniform.

An jedem Sonntagabend verlas Chatteris nach dem Gottesdienst in der Kapelle die Namen von Ehemaligen, die gefallen waren, mit kurzen Abrissen ihres Lebens. Sehr anrührend; doch Chips, in der hintersten Kirchenbank unter der Galerie, dachte: Für ihn sind es nur Namen; er sieht nicht ihre Gesichter, so wie ich …

1916. Die Schlacht an der Somme. Dreiundzwanzig Namen an einem einzigen Sonntagabend.

Gegen Ende jenes entsetzlichen Juli kam Chatteris eines Nachmittags herüber zu Mrs Wickett, um mit Chips zu reden. Er war abgespannt, von Sorgen gezeichnet und sah ernstlich krank aus. »Ehrlich gesagt, Chipping, ich habe es nicht gerade leicht hier. Ich bin neununddreißig, unverheiratet, und viele Leute hier wissen anscheinend ganz genau, was sie von mir erwarten. Wie das Leben so spielt, bin ich Diabetiker, selbst der blindeste Militärarzt würde mich nicht für tauglich erklären, aber ich habe keine Lust, mir ein ärztliches Attest an die Tür zu heften.«

Das hatte Chips nicht gewusst; es machte ihn betroffen, denn er mochte Chatteris.

Dieser fuhr fort: »Sie sehen, wie es bei uns steht. Ralston hat eine Menge junger Lehrer an die Schule geholt – allesamt sehr gute Leute, kein Zweifel –, aber die meisten haben sich jetzt zum Kriegsdienst gemeldet, und was wir an Ersatz bekommen, ist alles in allem grauenhaft. Einem haben sie letzte Woche beim Silentium Tinte in den Kragen geschüttet – und dieser Einfaltspinsel tobte. Ich muss selbst unterrichten, bei der Aufsicht für solche Dummköpfe einspringen, ich arbeite jeden Abend bis Mitternacht, und dann schauen die Leute mich auch noch scheel an, weil sie glauben, ich drückte mich vor dem Dienst. Lange halte ich das nicht mehr aus. Wenn es im nächsten Trimester nicht besser wird, dann bin ich am Ende.«

»Da haben Sie meine volle Sympathie«, versicherte ihm Chips.

»Darauf hatte ich gehofft. Und das bringt mich zum Grund meines Besuches bei Ihnen. Um es kurz zu machen, ich wollte vorschlagen, dass Sie – wenn Sie sich der Aufgabe gewachsen fühlen und sofern Sie bereit dazu sind – also wie wäre es, wenn Sie eine Weile zurückkommen würden? Sie scheinen mir noch recht rüstig, und natürlich kennen Sie sich mit allem aus. Nicht dass ich Ihnen schwere Arbeit aufbürden würde – Sie müssten nichts Anstrengendes tun –, nur ein paar Aushilfsstunden hier und da, Sie können es sich aussuchen. Was mir am wichtigsten wäre, wäre nicht die eigentliche Arbeit, die Sie übernehmen – obwohl die natürlich für uns ebenfalls eine große Hilfe wäre –, sondern Ihre Unterstützung auf andere Art – dadurch dass Sie einfach *hierhergehören*. Niemand ist an der Schule je so beliebt gewesen wie Sie, und das sind Sie bis heute – Sie würden helfen, den Laden zusammenzuhalten, wenn er in Stücke zu gehen droht. Und ich glaube, die Gefahr besteht tatsächlich …«

Atemlos, mit einer seligen Freude im Herzen, antwortete Chips: »Ich komme …«

14

Sein Zimmer bei Mrs Wickett behielt er; ja, er wohnte auch weiterhin dort; aber an jedem Vormittag gegen halb elf legte er Mantel und Schal an und ging hinüber zur Schule. Er fühlte sich in bester Form, und die eigentliche Arbeit war nicht anstrengend. Nur ein paar Lateinstunden, römische Geschichte – altgewohnter Unterricht – selbst die traditionelle Aussprache behielt er bei. Der alte Scherz über das Lex Canuleia – eine neue Schülergeneration, die ihn noch nicht kannte, und er war lächerlich stolz auf seinen Erfolg. Ein wenig kam er sich vor wie ein Varietéstar, der nach seiner endgültig letzten Vorstellung nun doch wieder auf die Bühne zurückkehrt.

Alle staunten, wie schnell er die Namen und Gesichter der Jungen kannte. Sie ahnten nicht, dass er von der anderen Straßenseite aus immer in Kontakt geblieben war.

Er war in jeder Hinsicht ein Erfolg. Auf eine verborgene Art half er, die Lage zu bessern, und das wussten und spürten alle. Zum ersten Mal im Leben hatte er das Gefühl, dass er *gebraucht* wurde – und gebraucht gerade bei dem, was ihm am meisten am Herzen lag. Ein großartigeres Gefühl gab es auf der ganzen Welt nicht, und nun endlich war es seins.

Sogar neue Scherze machte er – über das Offizierstraining und die Lebensmittelrationierung und die Verdunkelungsrollos, die sie an sämtlichen Fenstern anbringen mussten. Eine geheimnisvolle Pastete tauchte regelmäßig montags auf dem Speiseplan auf, und Chips nannte sie *abhorrendum* – »das zu Verabscheuende«. Die Geschichte machte die Runde – habt ihr schon Chips' Neuesten gehört?

Im Winter 17 erkrankte Chatteris schwer, und zum zweiten Mal im Leben wurde Chips kommissarischer Leiter von Brookfield. Dann, im

April, starb Chatteris, und das Kuratorium bat Chips, »bis auf Weiteres« auf seinem Posten zu bleiben. Er willigte ein, aber unter der Bedingung, dass man ihn nicht offiziell zum Schulleiter machte. Vor dieser letzten Ehre schreckte er, nun, wo sie endlich in Reichweite war, instinktiv zurück, denn er fühlte sich der Aufgabe in vielerlei Hinsicht nicht gewachsen. Zu Rivers sagte er: »Sehen Sie, ich bin kein junger Mann mehr, und ich will nicht, dass die Leute – ähm – allzu viel von mir erwarten. Ich bin wie all diese frischgebackenen Obersten und Majore, die man überall sieht – nur ein Zufallstreffer zu Kriegszeiten. Ein einfacher Fußsoldat – mehr bin ich im Grunde nicht.«

1917. 1918. Chips durchlebte das alles. Jeden Morgen nahm er seinen Platz im Direktorszimmer ein, meisterte Schwierigkeiten, bearbeitete Beschwerden und Bitten. Aus seinem großen Schatz an Erfahrungen entwickelte sich ein freundliches, sanftmütiges Selbstvertrauen. Das Maß der Dinge wahren, darauf kam es an. So vielem in der Welt ging gerade das jetzt verloren; da musste man es wenigstens da bewahren, wo sein eigentliches Zuhause war, oder doch sein sollte.

Am Sonntag beim Gottesdienst war jetzt er es, der die tragische Liste verlas, und manches Mal war zu sehen oder zu hören, wie er dabei Tränen vergoss. Ja warum auch nicht, sagten dann alle; er war ein alter Mann; jeden anderen hätten sie wohl wegen solcher Schwäche verachtet.

Einmal bekam er einen Brief aus der Schweiz, von Freunden dort; er war schwer zensiert, brachte aber doch Neuigkeiten. Am folgenden Sonntag, nachdem er Namen und Biographien von Ehemaligen verlesen hatte, fügte er nach kurzem Zögern hinzu:

»Die wenigen von Ihnen, die schon vor dem Krieg hier waren, werden sich an Max Stäfel erinnern, den Deutschlehrer. Er war in Deutschland, auf Urlaub in der Heimat, als der Krieg ausbrach. Er war beliebt in seiner Zeit hier bei uns und schloss manche Freundschaft. Die, die ihn kannten, werden mit Bedauern hören, dass er vergangene Woche an der Westfront gefallen ist.«

Er war ein wenig bleich, als er sich danach wieder setzte, ihm war klar, dass er etwas Unübliches getan hatte. Immerhin hatte er sich mit niemandem darüber beraten; niemand anderem war ein Vorwurf zu machen. Später, draußen vor der Kapelle, hörte er einen Wortwechsel:

»An der Westfront, hat Chips gesagt. Heißt das, er hat auf der Seite der Deutschen gekämpft?«

»Wahrscheinlich schon.«

»Irgendwie komisch, oder, seinen Namen zusammen mit den anderen zu verlesen. Schließlich war er ein *Feind*.«

»Ach, das ist nur eine von Chipsens Ideen. Die hat der alte Knabe wie eh und je.«

Chips, wieder in seinem Zimmer, gefiel dieser Kommentar gar nicht schlecht. Ja, die hatte er wie eh und je – diese Vorstellungen von Würde und Großzügigkeit, die immer seltener wurden in dieser in Raserei verfallenen Welt. Und er dachte: Auch das wird sich Brookfield von mir sagen lassen, wenn schon von keinem anderen sonst.

Einmal, als er wegen einer Bajonettübung, die beim Cricketpavillon stattfand, nach seiner Meinung gefragt wurde, antwortete er in jenem trägen, ein wenig asthmatischen Ton, den schon so viele mit so viel Übermut nachgemacht hatten: »Es scheint mir – hmn – eine sehr unfeine Art, Leute umzubringen.«

Die Geschichte machte die Runde, alle amüsierten sich – wie Chips einem hohen Tier aus dem Kriegsministerium gesagt hatte, Bajonettkampf sei etwas Unfeines. Typisch Chips. Und sie fanden den passenden Ausdruck für ihn – ein Wortbestandteil, der damals eben erst neu aufkam: Er war »vorkriegs-«.

15

Und einmal, an einem Vollmondabend, gab es Fliegeralarm, als Chips gerade seiner vierten Klasse eine Lateinstunde gab. Fast sofort legten die Flaks los, und da es draußen überall Granatsplitter hagelte, fand Chips, dass sie ebenso gut bleiben konnten, wo sie waren, im Erdgeschoss des Hauptgebäudes. Es war recht solide gebaut und war das Beste, was Brookfield an Schutzraum zu bieten hatte; und was einen direkten Bombentreffer anging, nun, da standen ihre Chancen schlecht, egal wo sie waren.

So fuhr er also mit seinem Lateinunterricht fort, sprach ein wenig lauter, damit er gegen den Geschützdonner und das schrille Heulen der Flugabwehrgeschosse ankam. Manche der Jungen waren ängstlich; nur wenige blieben aufmerksam.

Mit besonnener Stimme sagte er: »Es mag Ihnen vielleicht so vorkommen, Robertson – jetzt eben in diesem Augenblick der Weltgeschichte – hmn –, dass die Unternehmungen Cäsars in Gallien vor ungefähr zweitausend Jahren – dass die – hmn – von eher zweitrangiger Bedeutung sind und – hmn – die unregelmäßige Konjugation des Verbums ›*tollere*‹ von – hmn – gar noch geringerer. Aber glauben Sie mir – hmn –, mein lieber Robertson – in Wirklichkeit ist es nicht so.« Gerade in dem Augenblick kam eine besonders heftige Detonation – ganz in der Nähe. »Sie – hmn – Sie können den Stellenwert von Dingen – hmn – nicht nach dem Lärm bemessen, den sie machen. Liebe Güte, nein.« Ein kleines Glucksen. »Und diese Dinge, die – hmn – über Tausende von Jahren ihren Wert gehabt haben – die werden nicht einfach – verschwinden – nur weil ein Stinkekrämer – in seinem Labor – irgendeinen neuen Unfug erfindet.« Nervöses Gekicher; denn Stinkekrämer war der Spitzname für Burrow, den bleichen, abgezehrten und dienstuntauglichen Naturkundelehrer. Ein weiterer Einschlag – noch näher. »Lassen Sie uns – ähm – weitermachen. Wenn das Schicksal es will, dass wir gleich – hmn – unterbrochen werden, dann soll es uns – hmn – wenigstens dabei antreffen, dass wir mit etwas – ähm – wirklich Passendem beschäftigt sind. Meldet sich jemand freiwillig zum Übersetzen?«

Maynard, rundlich, mutig, klug und frech, rief: »Ich, Sir.«

»Sehr gut. Schlagen Sie Seite vierzig auf und beginnen Sie bei der untersten Zeile.«

Nach wie vor explodierten ohrenbetäubend die Bomben; das ganze Gebäude erzitterte, als wollte es von seinen Fundamenten aufspringen. Maynard fand die Stelle, ein wenig weiter hinten im Text, und las mit schriller Stimme:

»*Genus hoc erat pugnae* – es war die Art von Kampf – *quo se Germani exercuerant* – mit der die Germanen sich auskannten. Oh, Sir, das ist gut – das ist wirklich lustig, Sir – einer von Ihren Allerbesten …«

Alle lachten, und Chips fügte hinzu: »Nun – hmn –, da sehen Sie, dass diese alten Sprachen – hmn – manchmal – auch wieder zum Leben erwachen können – nicht wahr? Nicht wahr?«

Später hörten sie, dass in und um Brookfield fünf Bomben eingeschlagen hatten, die nächste davon gerade außerhalb des Schulgeländes. Neun Menschen waren ums Leben gekommen.

Die Geschichte wurde erzählt, wiedererzählt, ausgeschmückt. »Der alte Knabe hat mit keiner Wimper gezuckt. Hatte sogar ein olles Zitat parat, das genau zu der Sache passte. Irgendwas bei Cäsar, über die Art, wie die Germanen kämpfen. Hätte man nicht gedacht, dass so was bei Cäsar steht, oder? Und wie Chips da gelacht hat ... ihr kennt ja die Art, wie Chips lacht ... die Tränen liefen ihm übers ganze Gesicht ... nie habe ich ihn dermaßen lachen gesehen ...«

Er war eine Legende.

Mit seinem alten, zerschlissenen Talar, seinem Gang, der nun allmählich die ersten Anzeichen von Stolpern zeigte, den gütigen Augen, wie sie über den Rand der Nickelbrille spähten, seinen skurrilen, stets lustigen Sprüchen – nicht um ein Jota hätte Brookfield ihn anders haben wollen.

11. November 1918.

Die Nachricht erreichte sie am Morgen; ein ganzer Tag schulfrei wurde verfügt und das Küchenpersonal beschworen, ein Festmahl aufzutischen, so gut es die Kriegsrationierungen nur eben zuließen. Es wurde gejuchzt und gesungen, im Speisesaal bombardierten sie sich mit Brot. Als Chips mitten in diesem Tumult eintrat, war es schlagartig still, und dann kamen in immer neuen Wellen die Hochrufe; alle sahen sie ihn mit gespannten, leuchtenden Augen an, denn für sie war er ein Sinnbild des Sieges. Er ging zum Podium, als wollte er eine Rede halten; alle verstummten, aber nach einem Moment schüttelte er nur den Kopf, lächelte kurz und ging wieder hinaus.

Es war ein feuchter, nebliger Tag gewesen, und beim Gang über den Innenhof zum Speisesaal hatte er sich verkühlt. Am nächsten Tag lag er mit Bronchitis im Bett und blieb dort bis nach Weihnachten. Aber schon am Abend jenes 11. November, nach seinem Besuch im Speisesaal, hatte er sein Rücktrittsgesuch an das Kuratorium geschickt.

Als der Schulbetrieb nach den Ferien wieder anlief, war er drüben bei Mrs Wickett. Auf seinen eigenen Wunsch gab es keine weitere Abschiedsfeier, keine Reden, er schüttelte einfach nur seinem Nachfolger die Hand, und auf dem Briefpapier der Schule wurde »stellvertretend« gestrichen. »Bis auf Weiteres« war vorbei.

16

Und jetzt, fünfzehn Jahre später, konnte er auf all das mit einer tiefen und wohligen Ruhe zurückblicken. Er war nicht krank, das nicht – nur manchmal ein wenig müde, und in den Wintermonaten fiel ihm das Atmen schwer. In den Süden fuhr er deswegen nicht – einmal hatte er es probiert, war aber gerade zu einem jener Kälteeinbrüche an die Riviera gekommen, die die Werbung so sorgsam verschweigt. »Ich – ähm – ich hole mir meine Erkältungen – hmn – lieber zu Hause«, sagte er danach immer. Er musste aufpassen, wenn der Wind von Osten blies, aber so schlimm waren Herbst und Winter doch nicht; es gab ein warmes Kaminfeuer, es gab Bücher, und man konnte sich schon auf den Sommer freuen. Der Sommer war natürlich seine liebste Jahreszeit. Ganz abgesehen vom Wetter, das ihm guttat, riss der Strom der alten Schüler, die vorbeischauten, nie ab. Jedes Wochenende kamen ein paar von ihnen mit dem Auto heraus nach Brookfield und besuchten ihn. Manchmal ermüdeten sie ihn, wenn zu viele auf einmal da waren; aber das machte ihm nichts; er konnte sich ja hinterher ausruhen und ein Nickerchen machen. Und er genoss diese Besuche – mehr als alles, was es sonst noch auf der Welt zu genießen gab. »Tja, Gregson – hmn –, ich weiß es noch – immer zu spät, was? Immer zu spät. Vielleicht – hmn – kommen Sie ja sogar noch beim Altwerden zu spät, was? Hmn – genau wie ich.« Und später, als er wieder allein war und Mrs Wickett kam, um das Teegeschirr abzuräumen: »Mrs Wickett, der junge Gregson war zu Besuch – an den erinnern Sie sich doch noch, oder? Ein hoch aufgeschossener Junge mit Brille. Immer zu spät. Hmn. Hat jetzt – hmn – eine Stelle beim Völkerbund – da fällt vermutlich seine – hmn – Saumseligkeit nicht auf, was?«

Und manchmal, wenn die Glocke zum Abendappell rief, ging er ans Fenster und blickte hinüber zur Schule auf der anderen Straßenseite, und hinter dem Zaun in der Ferne sah er die lange Reihe von Jungen, wie sie an der Bank vorüberzogen. Neue Zeiten, neue Namen … aber die alten blieben noch … Jefferson, Jennings, Jolyon, Jupp, Kingsley *primus*, Kingsley *secundus*, Kingsley *tertius*, Kingston … wo seid ihr alle, wo seid ihr alle geblieben? … Mrs Wickett, bringen Sie mir ein Tässchen Tee kurz vor dem Silentium, seien Sie so nett.

Das Nachkriegsjahrzehnt raste nur so vorüber, mit all den Misstönen seiner Neuerungen und Krisen; Chips überstand sie alle und sah sich voller Enttäuschung in der Welt um. Die Ruhrkrise, die Chanakaffäre, Korfu; es gab genug auf der Welt, was einen beunruhigen konnte. Aber bei sich zu Hause, in Brookfield, und in einem weiteren Sinne sogar in ganz England, da war etwas, was ihm das Herz wärmte, weil es schon so lange da war – und weil es am Leben geblieben war. Mehr und mehr schien ihm die Welt wie ein einziges unendliches Durcheinander, für das England nun allmählich genug Opfer gebracht hatte – vielleicht sogar schon zu viele. Aber mit Brookfield war er zufrieden. Das hatte seine Wurzeln in Dingen, die die Prüfungen der Zeit bestanden hatten, der Veränderungen und des Kriegs. Merkwürdig, wie *wenig* sich in diesem tieferen Sinne verändert hatte. Die Jungen waren höflicher geworden; Drangsalieren von Schwächeren gab es überhaupt nicht mehr; sie fluchten und flunkerten mehr. Zwischen Lehrern und Schülern war die Freundschaft nun aufrichtiger – die eine Seite nicht mehr so steif, die andere nicht mehr so schmeichlerisch. Einer der neuen Lehrkräfte, frisch aus Oxford, ließ sich von der sechsten Klasse sogar beim Vornamen nennen. Von so etwas hielt Chips nichts; ja, er war sogar ein klein wenig schockiert. »Da könnte er – hmn – seine Zeugnisse auch gleich ›mit herzlichen Grüßen‹ unterzeichnen, was?«, fand er. »Hmn.«

Während des Generalstreiks von 1926 beluden

Brookfielder Schüler Lieferwagen mit Lebensmitteln. Als alles überstanden war, empfand Chips eine Rührung wie seit dem Krieg nicht mehr. Da war etwas Großes geschehen, etwas, dessen Bedeutung noch gar nicht richtig erfasst war. Aber eines war klar: Es war etwas gewesen, womit England allein, aus eigenen Kräften fertiggeworden war. Und als beim Schuljahrsabschluss ein Besucher aus Amerika auf die gewaltigen Summen zu sprechen kam, die der Streik das Land gekostet hatte, antwortete ihm Chips: »Ja, schon, aber – hmn – Reklame *kostet* nun einmal.«

»Reklame?«

»Nun, war es denn – hmn – keine Reklame für uns – und sehr gute Reklame sogar? Eine ganze Woche davon – hmn – und kein einziges Leben verloren – kein Schuss abgegeben! In Ihrem Land – hmn – hätte es mehr Blutvergießen gegeben – hmn – bei einer einzigen Razzia auf eine Spelunke!«

Gelächter … Gelächter … wo immer er war,

was immer er sagte, es gab Gelächter. Er hatte sich den Ruf eines großen Scherzbolds erworben, und Scherze wurden nun von ihm erwartet. Wenn er bei einer Versammlung das Wort ergriff, ja sogar wenn er nur bei Tisch etwas sagte, stellten sich der Verstand, sogar die Gesichtszüge seines Gegenübers auf einen Scherz ein. Sie hörten ihm zu in der Erwartung, etwas Amüsantes zu hören, und sie zufriedenzustellen war leicht. Manchmal lachten sie schon, bevor er bei der Pointe angelangt war. »Der alte Chips war in Hochform«, hieß es dann hinterher. »Großartig, wie er an allem immer die komische Seite sieht …«

Nach 1929 verließ Chips Brookfield nicht mehr – nicht einmal zum Ehemaligendinner in London. Er fürchtete sich vor Erkältung, und langes Aufbleiben ermüdete ihn nun zu sehr. Allerdings ging er nach wie vor bei schönem Wetter hinüber zur Schule; und sein Zimmer war auch weiterhin ein Ort der Gastlichkeit. Seine geistigen Fähigkeiten blieben ihm erhalten, keinerlei Sorgen plagten ihn. Sein Einkommen war größer, als er es brauchte, und sein kleines Vermögen, in Staatsanleihen angelegt, litt keine Verluste, als die Wirtschaftskrise kam. Beträchtliche Summen verschenkte er – an Leute, die ihm bei Besuchen von ihrem Unglück erzählten, an mehrere Schulstiftungen, und auch an die Brookfielder Partnerschule im East End. Im Jahr 1930 schrieb er sein Testament. Einiges vermachte er der Partnerschule und Mrs Wickett, alles andere hinterließ er der Schule, die damit ein Stipendium einrichten sollte, das jedem Bewerber offenstand.

1931 … 1932 …

»Was halten Sie von Hoover, Sir?«

»Meinen Sie, wir kehren wieder zum Goldstandard zurück?«

»Wie beurteilen Sie die Lage, Sir? Irgendwo ein Hoffnungsschimmer?«

»Wann werden die Zeiten wieder besser, Chips, alter Junge? Sie sollten das doch wissen, bei Ihrer Erfahrung.«

Alle stellten sie ihm Fragen, als sähen sie in

ihm eine Mischung aus Prophet und Lexikon – ja mehr als das, denn sie wollten ihre Antwort auch gern noch als Scherz verpackt. Er sagte zum Beispiel:

»Nun, Henderson, als ich – hmn – noch um vieles jünger war – da gab es jemanden, der – ähm – der den Leuten neun Pence für vier Pence versprach. Ich weiß nicht, ob die – hmn – jemals jemand bekommen hat, aber – hmn – unsere heutige Regierung – ähm – weiß offenbar immerhin, wie man – hmn – vier Pence für neun Pence gibt.«

Gelächter.

Manchmal, wenn er durch die Schule schlenderte, stellten die vorlauteren unter den jüngeren Schülern ihm Fragen, nur um des Spaßes willen, dass sie hinterher Chips' »Neuesten« erzählen konnten.

»Bitte, Sir, was halten Sie vom Fünfjahresplan?«

»Sir, meinen Sie, die Deutschen wollen noch einen Krieg?«

»Waren Sie schon in dem neuen Kino, Sir? Ich bin die Tage mit meinen Eltern da gewesen. Ein

Riesending für so einen kleinen Ort wie Brookfield. Da gibt es eine Wurlitzer.«

»Und was – hmn – in aller Welt – ist eine Wurlitzer?«

»Eine Orgel, Sir – eine Kinoorgel.«

»Ach je … Ich habe den Namen auf den Plakatwänden gesehen – aber ich habe mir immer – hmn – vorgestellt, dass es eine – hmn – eine Art Wurst sein muss.«

Gelächter … Oh, es gibt einen neuen Witz von Chips, Leute, und einen richtig guten. Ich hab den alten Knaben nach dem neuen Kino ausgefragt, und da sagt er …

17

Er saß in seinem Wohnzimmer im Haus von Mrs Wickett, eines Novembernachmittags im Jahr dreiunddreißig. Es war kalt und neblig, da wagte er sich nicht hinaus. Schon seit dem Jahrestag des Waffenstillstands fühlte er sich nicht so recht wohl; wahrscheinlich hatte er sich beim Gottesdienst ein wenig verkühlt. Am Vormittag war Merivale da gewesen, zu seinem üblichen Besuch, zu dem er jede vierzehn Tage kam. »Alles in Ordnung? Gut bei Kräften? So soll es sein. Bleiben Sie im Haus bei diesem Wetter – überall geht die Grippe um. Wünschte, ich könnte mal einen Tag oder zwei mit Ihnen tauschen. Ihr Leben führen.«

Sein Leben … und was war das für ein Leben gewesen! Wie eine Parade zog es, als er an diesem Nachmittag vor dem Kaminfeuer saß, vor seinem inneren Auge vorüber. Was er alles getan und gesehen hatte! Cambridge in den sechziger Jahren; der Great Gable an einem Augustmorgen; Brookfield zu allen Zeiten und Jahreszeiten, über die Jahre hinweg. Und auch die Dinge, die er *nicht* getan hatte und auch nicht mehr tun würde, nun, wo er zu lange gezögert hatte – er war zum Beispiel nie in einem Flugzeug geflogen, hatte nie einen Tonfilm gesehen. Er war also erfahrener, aber zugleich auch unerfahrener, als der jüngste Neuzugang der Schule womöglich war; und das, dieses Paradoxon von Alter und Jugend, war es, was die Welt Fortschritt nannte.

Mrs Wickett war außer Haus, besuchte Verwandte in einem benachbarten Dorf; sie hatte alles für den Tee auf dem Tisch bereitgestellt, mit Brot und Butter und Extratassen für den Fall, dass jemand vorbeikam. Allerdings war Besuch an so einem Tag nicht sehr wahrscheinlich; draußen wurde der Nebel von Stunde zu Stunde dichter, und er würde wohl allein bleiben.

Doch nein. Gegen Viertel vor vier klingelte es an der Haustür, und Chips ging (was er eigentlich nicht sollte) selbst aufmachen; vor ihm stand ein recht kleiner Junge, auf dem Kopf eine Brookfield-Kappe, und machte ein beklommenes, furchtsames Gesicht. »Bitte, Sir«, hob er an, »wohnt hier Mr Chips?«

»Hmn – da kommen Sie besser herein, junger Mann«, antwortete Chips. Und einen Augenblick später, in seinem Zimmer angekommen: »Ich selbst – hmn – bin der Gesuchte. Also, was – hmn – was kann ich für Sie tun?«

»Man hat mir gesagt, Sie wollen mich sprechen, Sir.«

Chips lächelte. Ein alter Scherz – sie hatten den Kleinen mit einem alten Scherz hereingelegt, und da konnte er seinerseits, der im Laufe der Jahre so viele alte Scherze gemacht hatte, sich am wenigsten beschweren. Und es machte ihm auch Spaß, den Scherz der anderen sozusagen noch mit einem eigenen zu übertrumpfen; ihnen beweisen, dass er die Sache mit Haltung zu nehmen wusste, auch jetzt noch. Und so sagte er, mit einem Funkeln in den Augen: »Ganz richtig, junger Mann. Ich wollte Sie zum Tee einladen. Würden Sie bitte – hmn – dort am Feuer Platz nehmen? Hmn – ich glaube, Ihr Gesicht habe ich bisher nicht gesehen. Wie kommt das?«

»Ich war bis jetzt auf der Krankenstation, Sir – seit Trimesteranfang, mit Masern.«

»Ah, das ist die Erklärung.«

Chips machte sich an sein übliches Ritual, das Mischen des Tees aus den verschiedenen Dosen; zum Glück hatte er noch einen halben Walnusskuchen mit rotem Zuckerguss im Schrank. Er fand heraus, dass der Junge Linford hieß, dass er in Shropshire zu Hause war und dass er der Erste seiner Familie war, der nach Brookfield kam.

»Glauben Sie mir, – hmn – Linford –, Sie werden Brookfield mögen – wenn Sie sich erst einmal daran gewöhnt haben. Es ist nicht halb so grässlich hier – wie Sie sich das vorstellen. Sie haben ein wenig Angst davor, hm? Hmnja. Das ging mir nicht anders, mein lieber Junge – zu Anfang. Aber das war – ähm – vor langer Zeit. Vor – hmn – vor dreiundsechzig Jahren, um genau zu sein. Als ich – ähm – zum ersten Mal in die Aula kam und – ähm – sah, was für eine Menge an Jungen dort saß – glauben Sie mir, da hatte ich regelrecht Angst. Tatsächlich, ich glaube – hmn –, nie in meinem Leben hatte ich solche Angst. Nicht einmal als – hmn – die Deutschen uns bombardierten – im Krieg. Aber das dauerte nicht lange – die Angst, meine ich. Schon bald war ich – ähm – hier zu Hause.«

»Waren Sie in dem Trimester viele Neue, Sir?«, fragte Linford schüchtern.

»Hm? Aber nein – liebe Güte, nein – ich bin nicht als Schuljunge hergekommen – erst als Mann – als junger Mann von zweiundwanzig! Und wenn Sie das nächste Mal einen jungen Mann sehen – einen Lehrer, der eben erst anfängt – der zum ersten Mal die Aufsicht in der Aula führt – hmn –, dann denken Sie daran – wie sich das anfühlt!«

»Aber wenn Sie damals zweiundzwanzig waren, Sir ...«

»Ja? Hm?«

»Dann müssen Sie ja jetzt – sehr alt sein, Sir.«

Chips lachte still und lange vor sich hin. Ein guter Witz war das.

»Nun ja – hmn – ein junger Spund – hmn – bin ich nicht.«

Noch eine ganze Weile amüsierte ihn das.

Dann kam er auf andere Dinge zu sprechen, auf Shropshire, Schulen und Schuldinge im Allgemeinen, die Nachrichten in den Zeitungen des Tages. »Sie wachsen in eine – hmn – sehr schwierige Welt hinein, Linford. Vielleicht hat sie einige von ihren – hmn – Schwierigkeiten überwunden, bis Sie so weit sind. Lassen Sie uns das – hmn – wenigstens hoffen ... Tja ...« Und nach einem Blick auf die Uhr kam auch der alte, vertraute Spruch wieder an die Reihe. »Es – hmn – tut mir leid, dass Sie nicht bleiben können ...«

An der Haustür reichten sie sich die Hände.

»Auf Wiedersehen, mein Junge.«

Und als Antwort, mit schriller Knabenstimme: »Leben Sie wohl, Mr Chips ...«

Chips setzte sich wieder ans Kaminfeuer, und die Worte hallten in den Korridoren seiner Gedanken nach. »Leben Sie wohl, Mr Chips …« Sie hatten ihm weisgemacht, dass er tatsächlich Chips hieß – ihm einen alten Bären aufgebunden, fast schon eine Tradition. Na, ihm machte das nichts. »Leben Sie wohl, Mr Chips …« Er dachte wieder daran, wie Kathie es am Vorabend seiner Hochzeit genau so gesagt hatte, mit einem leisen Spott darüber, wie ungeheuer ernsthaft er damals war. Niemand, überlegte er, würde mich heute mehr ernsthaft nennen, das steht fest …

Mit einem Mal liefen ihm die Tränen über die Wangen – die Schwäche eines alten Mannes; albern vielleicht, aber er konnte nicht dagegen an. Er fühlte sich sehr müde; die Unterhaltung mit Linford hatte ihn ganz erschöpft. Aber er freute sich, dass er Linford kennengelernt hatte. Netter Junge. Aus dem würde etwas werden.

Durch die nebelschwere Luft kam der Glockenruf zum Appell, wabernd und dumpf. Chips schaute zum Fenster; es wurde schon dunkel,

Zeit, die Lampe anzuzünden. Aber als er sich regen wollte, merkte er, dass er es nicht konnte; er war zu müde; und es war ja auch nicht weiter wichtig. Er lehnte sich in seinem Sessel zurück. Kein junger Spund – na, das war wohl die Wahrheit, was? Und lustig, die Sache mit Linford. Und er selbst hatte sich wacker geschlagen, gegen die Witzbolde, die ihm den Jungen geschickt hatten. Leben Sie wohl, Mr Chips … aber seltsam, dass er gerade diese Worte gewählt hatte …

18

Als er erwachte, denn offenbar hatte er geschlafen, fand er sich im Bett; und Merivale stand da, über ihn gebeugt, und lächelte. »Na, alter Gauner – geht es wieder besser? Das war ja ein schöner Schrecken, den Sie uns da eingejagt haben!«

Nach einer Pause murmelte Chips etwas, mit einer Stimme, deren Schwäche ihn überraschte: »Warum – ähm – was – was ist geschehen?«

»Nur eine kleine Ohnmacht. Mrs Wickett kam nach Hause und fand Sie – zum Glück fand sie Sie. Jetzt ist wieder alles in Ordnung. Ruhen Sie sich aus. Schlafen Sie weiter, wenn Ihnen danach ist.«

Ein guter Vorschlag, er war froh, dass ihn jemand gemacht hatte. Er fühlte sich so schwach, er machte sich nicht einmal Gedanken über die näheren Umstände – wie sie ihn nach oben geschafft hatten, was Mrs Wickett gesagt hatte und so weiter. Aber dann, plötzlich, sah er Mrs Wickett auf der anderen Bettseite stehen. Sie lächelte. Er dachte: Ja lieber Himmel, was macht sie denn hier oben? Und dann, im Halbdunkel hinter Merivale, sah er Cartwright, den neuen Direktor (für ihn war er immer noch »neu«, obwohl er schon seit 1919 in Brookfield war), und den alten Buffles, den alle »Roddy« nannten. Seltsam, dass sie alle hier oben waren. Aber, dachte er bei sich, es ist mir einfach zu viel, darüber nachzudenken. Ich will jetzt schlafen.

Aber es war kein Schlaf, und es war auch nicht ganz ein Wachen; es war eine Art Zwischenzustand, voller Träume und Gesichter und Stimmen. Alte Szenen und alte Fetzen von Melodien: ein Mozart-Trio, bei dem Kathie einmal mitgespielt hatte – Hochrufe und Lachen und Kanonendonner – und über allem die Glocken von Brookfield, die Glocken von Brookfield. »Sodass also, wenn

Miss Plebs von Mr Patrizier verlangte, dass er sie heiratete ... nix, kann ja jeder ... Ein Witz ... Das zu Verabscheuende ... Ein Witz ... Sind Sie das, Max? Kommen Sie rein. Wie sieht es aus im Vaterland? ... *O mihi praeteritos* ... Ralston fand, ich sei nachlässig und untüchtig – aber ohne mich kamen sie nicht zurecht ... *Obile manda varmin destens tre icenbus sc in teren ander.* Kann das einer hier übersetzen? ... Es ist ein Witz ...«

Einmal hörte er, wie sie im Zimmer über ihn sprachen.

Cartwright im Flüsterton zu Merivale. »Der arme alte Bursche – das muss schon ein einsames Leben gewesen sein, immer nur für sich allein.«

»Nicht immer allein«, antwortete Merivale. »Er war einmal verheiratet.«

»Tatsächlich? Das wusste ich nicht.«

»Sie ist gestorben. Das muss – ach, bestimmt dreißig Jahre her sein. Womöglich noch länger.«

»Ein Jammer. Ein Jammer, dass er nie Kinder hatte.«

Und bei diesen Worten schlug Chips die Augen auf, riss sie so weit auf, wie er nur konnte, versuchte ihre Aufmerksamkeit zu erlangen. Das laute Sprechen fiel ihm schwer, aber er murmelte etwas, und alle sahen einander an und kamen näher.

Ganz langsam rang er sich die Worte ab. »Was war das – ähm – was Sie da gerade – über mich – gesagt haben?«

Der alte Buffles lächelte und sagte: »Das war gar nichts, alter Junge – rein gar nichts – Wir haben nur überlegt, wann Sie wohl wieder aufwachen aus Ihrem Schönheitsschlaf.«

»Aber – hmn – ich habe es doch gehört – wie Sie geredet haben – über mich ...«

»Nichts von Bedeutung, mein Lieber – vollkommen unbedeutend, da gebe ich Ihnen mein Wort ...«

»Ich dachte, ich hätte gehört, wie Sie – wie einer von Ihnen – sagte, es sei ein Jammer – hmn – ein Jammer, dass ich nie – Kinder gehabt hätte – hm? – Aber sehen Sie, ich habe sie ja ... ich habe sie ...«

Die anderen lächelten, blieben aber still, und nach einer Weile kam von Chips ein leises, glucksendes Lachen.

»O ja – hmn –, die habe ich«, sagte er, mit zittriger, doch seliger Stimme. »Tausende davon … Tausende … und alles Jungen.«

Und dann hörte er noch einmal den Refrain, die letzte Harmonie, großartiger und süßer, als er ihn je vernommen hatte, und auch trostreicher denn je … Pettifer, Pollett, Porson, Potts, Pullman, Purvis, Pym-Wilson, Radlett, Rapson, Reade, Reaper, Reddy *primus* … kommt her allesamt, versammelt euch um mich, ein letztes Wort noch, ein Scherz … Harper, Haslett, Hatfield, Hatherley … mein letzter Scherz … habt ihr ihn gehört? Hat er euch zum Lachen gebracht? … Bone, Boston, Bovey, Bradford, Bradley, Bramhall-Anderson … wo immer ihr jetzt seid, was immer aus euch geworden ist, schenkt mir diesen Augenblick mit euch … diesen letzten Augenblick … meine Jungen …

Und bald schon schlief Chips.

So friedlich schien er, dass sie ihn nicht mit einem »Gute Nacht« stören wollten; aber am Morgen, als die Schulglocke zum Frühstück rief, erfuhr ganz Brookfield es. »Brookfield wird seine Liebenswürdigkeit nie vergessen«, sagte Cartwright in einer Ansprache an alle. Was Unsinn war, denn am Ende wird alles vergessen. Aber wenigstens Linford wird sich erinnern und wird die Geschichte erzählen: »Ich habe Chips Lebewohl gesagt, am Abend bevor er starb …«

James Hilton

James Hilton, 1900 in einer Kleinstadt bei Manchester geboren, 1954 in Long Beach, Kalifornien gestorben, war der Sohn eines Schuldirektors – eins von mehreren Vorbildern für Mister Chips, wie der Autor erklärte. Noch als Student, im Alter von zwanzig Jahren, schrieb Hilton seinen ersten Roman, aber erst elf Jahre später, in denen er als freier Journalist und Literaturkritiker arbeitete, gelang ihm mit *And Now Goodbye* sein erster Erfolg als Schriftsteller. Der Roman *Leb wohl, Mister Chips*, der viermal verfilmt wurde, machte ihn 1934 weltberühmt. Man lud ihn daraufhin nach Hollywood ein, wo er zu einem erfolgreichen Drehbuchautor avancierte. Für seine Arbeit am Film *Mrs. Miniver* wurde er 1943 mit dem Oscar für das beste adaptierte Drehbuch ausgezeichnet.